香港文學鱗爪

盧因 著　黎漢傑 編

代序：被忽略的人物——盧因與香港現代主義文學

黎漢傑

如果說，在香港，哪一種文學思潮是最多人談論、研究，「現代主義」肯定是榜上十大，甚至是首位。而研究香港現代主義文學思潮，最常討論的人物，則有劉以鬯、崑南、王無邪、葉維廉、李英豪、蔡炎培，甚至是筆者認為實際上與現代主義無關的梓人。不過，這串名單卻遺漏了一個人，那就是盧因。

要說沒人知道盧因，那當然不是。在《香港文學大系一九五〇——一九六九》目前已出版的《新詩卷》，就收錄了盧因不少作品：〈念基督的降生〉、〈黑袈裟的一夜〉、〈雖然仍一樣沉寂〉、〈追尋〉、〈一九五六年〉、〈沉默〉。鄭蕾的《香港現代主義文學與思潮》裏面都有提到盧因，例如：「在五十年代的準備學習階段之後，崑南、王無邪、葉維廉、李英豪、盧因等人便開始了大量的批評書寫，除了發表在香港現代文學美術協會自己編的《新思潮》、《好望角》，也發表在劉以鬯主編的《香港時報．淺水灣》⋯⋯」（頁七十三）。可惜的是，大家都知道盧因是當時現代主義文學的一分子，卻並沒有把他看作是這次思潮的主角。

那麼，讓我們換個角度，將敘述主綫變成盧因，香港的現代主義文學是怎樣發源、興起？盧因有一篇比較少人提及的回憶文章：〈回憶《淺水灣》—— 兼談《現代小説論》〉，他提到一個被研究者忽略的細節：

> 一九八四年八月二十二日，劉以鬯先生在星島晚報《大會堂》發表長文〈三十年來香港與台灣在文學上的相互聯繫〉，文中提及六〇年代初他主編的《淺水灣》，有這麼一段：「此外，有人告訴我，台灣出版商要將《淺水灣》中的一部分文章彙編成書出版。不過，這本書我沒看見過。」讀完這篇長文，隔著太平洋忍不住在心裏大叫：我藏了這本書，知道的人大概不會多。在北美，恐怕是孤本了，改天給你影印一份奉上珍藏吧。遂匆忙下樓，憑記憶從書架上找這本書一找就找到了。
>
> 書名《現代小説論》，由台灣十月出版社出版，列為十月叢書第五種。封面除書名外，還有「卡繆等著．十月叢書．5」字樣，封底則是 *Essays On Famous Modern Fictions*。出版日期為一九六八年十月，距文藝性《淺水灣》壽終正寢將近八載。發行人叫王玉傑，社址設在台北民樂街一五三號。由詩人辛鬱校對，畫家李錫奇設計封面。初版印二千本，後來有沒有再版不大清楚。我購這本書的年月日是：一九六九年一月十九日，並在封頁簽名。

香港知道這本書的人不多，即使注意到劉以鬯那篇文章，因劉公並沒看得過實物，自然不能知道書名以及詳細資料，研究者也很難順藤摸瓜，確認這本十月出版社，列為十月叢書第五種的書，就是劉公說的這部「將《淺水灣》中的一部分文章彙編成書出版」。不過，讀者會問，這和盧因有什麼關係呢？

《現代小說論》收錄的文章有廿五篇，翻查譯文出處，除了一篇，其餘所有都是出自《香港時報．淺水灣》。這一方面證明了《香港時報．淺水灣》對推動現代主義文學的貢獻，另外從當時台灣文化界、出版界大量採用香港的材料來看，也側面反映現代主義的文學思潮在香港與台灣，彼此是互有交流之多、之早。一般論者以一九六〇年二月台灣《創世紀》詩刊第十四期開始大量發表香港作家作品，為港台兩地現代文學思潮交流的開端，現在看來，時間應該更早。

然後，細看下列部分篇章以及譯者的資料：

1 小說的領域，譯者：張學玄

2 弗洛依德與勞倫斯，譯者：張學玄

3 回憶普魯斯特，譯者：洛保羅

4 作家的心靈，譯者：洛保羅

5 紀德及其個人主義思想，譯者：保羅

6 意識流小說的理論與技巧，譯者：馬婁

7 略談心理分析派小說的淵源，譯者：山谷子

8 心理分析派的小說三傑，譯者：山谷子

9 社會藝術優力息斯，譯者：山谷子

10 論卡夫卡，譯者：山靈

11 反小說派的新哲學，譯者：戴家明

12 沙特的人生觀，譯者：戴家明

13 福克納的世界，譯者：戴家明

14 卡繆的「反叛」，譯者：何欣

這十四篇，有多位譯者的名字，然而其實全部都是盧因用的筆名（甚至是假名）！一個人，佔全書譯文數量超出一半有多，已經很難得，更難得的是其他篇章的譯者／作者，比如〈失去焦點的現代小說〉的馬朗、〈略談代表時代的作家〉、〈三十年來法國小說作家淺論〉的崑南、〈海敏威與戰爭〉的劉以鬯都是著名的文化人，學術界重點研究的對象，證明了盧因在當時明顯是香港現代主義文學思潮的核心人物。

另一個小插曲也是與《現代小說論》有關。提及現代主義小說，普魯斯特、喬伊斯的小說一定名列其中，他們的特色之一，是運用了「意識流」這種手法。這一點，已經是文科生的常識，但是這個名詞本身是英文 Stream of consciousness 的翻譯，那麼究竟是誰最早將它翻譯成中文「意識流」呢？盧因在上文接續寫道：

> 《文藝新潮》首先介紹存在主義給香港讀者；如果我沒有記錯，《淺水灣》則是介紹「意識流」較早的香港刊物。我譯出後，台灣馬上移用。現在這個名詞，早已膾炙人口了，國內作家亦經常掛齒。當時，香港的文學工作者，不但比台灣的文學工作者先走十幾步，更比其他地區的華文文學工作者，先走幾十步。

如果說，考證 Stream of consciousness 這個術語在西方文學史的源流與演變，有一定的學術價值，同樣，追尋「意識流」這個中文名詞的翻譯史，也應該是有意義的。論者當然可以懷疑盧因是否最早將 Stream of consciousness 翻譯成「意識流」，但無可否認，在上世紀五、六十年代，盧因通過大量的文學論文翻譯，使「意識流」這個詞在台港兩地更加為人所知。

近年，不少人研究台港兩地的文學交流史，但香港現代主義與台灣文藝刊物《筆匯》的因緣，則少有人詳細分析。若要深入理解相關的脈絡，盧因無疑是其中的靈魂人物。他在〈我和《筆匯》一段情〉這樣說：「一九五九年五月四日，台灣《筆匯》月刊革新號推出面世，距離香港《文藝新潮》停刊，時間上恰巧三天。」在他眼中，《筆匯》正是延續《文藝新潮》的現代精神：

> 一望而知，《筆匯》革新號從封面到內容，處處受《文藝新潮》影響。引進現代主義文學先在香港發軔，台灣繼而遭受衝擊。論者常說五十年代中，香港文學受台灣影響，只是一知半解的結論。且不說《筆匯》革新號第一卷第一期的出版月日，後於《文藝新潮》壽終號；單說劉國松、尉天聰等台灣文壇君子受《文藝新潮》潛移默化，也是很自然的。

如此清楚聲明現代主義先在香港，後在台灣，盧因恐怕是少數（但不是唯一，以我所知，他的摯友崑南就是），而更奇妙的是，他居然也曾經間接參與過《筆匯》：

劉國松忽然來信說，《筆匯》重整旗鼓，發行人再由任卓宣擔任。為了向海外推銷，打出一條血路，《筆匯》同寅盼望我當海外代理人，定價每本港幣六角。先用平郵寄來五十本，郵費由《筆匯》負責，如果反應好再多寄。我當時毫不考慮答應，只覺得這是好事，經歷兩次革新終於找到自己的風格和面貌，畢竟值得高興。信收到後，馬上空郵回覆，並同意在封底印上我的姓名地址……

盧因是在第二卷第八期開始與《筆匯》合作，代理香港的發行。這段時間，應該是他與《筆匯》的編輯們交流最頻繁的日子，而這也是他投稿《筆匯》的時期，例如用筆名「盧因」發表的兩篇小說：〈未熟的心〉刊於革新號二卷六期（一九六一年一月五日）；〈太陽的構圖〉刊於革新號二卷第八期（一九六一年六月十五日）。再翻查這幾期目錄，其他的還有：

革新號二卷六期（一九六一年一月五日）
何欣（按：即盧因）：〈人鼠之間的研究〉
盧因：〈未熟的心〉

革新號二卷七期（一九六一年五月十五日）
王無邪：〈現代繪畫運動在中國〉
張學玄（按：即盧因）：現階段英國繪畫運動概況〉

葉維廉：〈降臨〉

革新號二卷第八期（一九六一年六月十五日）

呂壽琨：〈自由獨立的絕對藝術（續）〉

盧因：〈太陽的構圖〉

革新號二卷第九期（一九六一年七月十五日）

王無邪：〈覺醒的一代——從自由中國五月畫展說起〉

香港這一批現代主義思潮的重要人物，在那個時期居然有不少文章發表在台灣的《筆匯》，會不會也是盧因一手促成的？

綜觀香港文學的現代主義思潮，無論是創辦刊物、理論建設、翻譯推廣、創作實踐，以至台港兩地的文化溝通，都有盧因的身影。從文學史的角度，盧因當年在香港的貢獻，似乎值得研究者另闢專章討論，還他一個應有的位置。

二〇二五年二月九日

目錄

輯二：憶昔

輯一：述古

記詩人鄭力匡

五十年代初出現的《人人文學》和詩人力匡對年青一代文學愛好者的深遠影響，迄今仍是戰後香港文壇的盛事之一。作為《人人文學》和力匡的讀者，於此不辭謭陋，寫下一點個人的回憶片段和感想；一面概略地總結五十年代初香港文壇的實況，另一面也讓後進的文學愛好者，能藉拙作溫故知新，從中得知前人走過的道路，以及力匡所播下的香港詩壇的種籽。

黃思騁在去年出版的《文藝》季刊第七期〈往事雲煙——記《人人文學》〉中說，《人人文學》是一九五二年人人出版社成立時創刊。這點我記不清楚。我以前也藏過全套由創刊到最後一期共三十三冊的《人人文學》。以大卅二開本形式出版，極易收藏。只要翻查創刊日期，馬上獲知正確的出版年月日。可惜因為搬過幾次家散失過半，部分又外借從未璧還，僅存的三本最後也遭到火焚厄運，現在想來後悔不已。印象中，《人人文學》是作為人人出版社機關刊物姿態出現的。力匡的十四行詩，除了在《人人文學》刊登，還在《星島晚報》副刊發表，每天一篇。由於詩韻鏗鏘，又容易上口；加以在一張銷路極多的報章副刊每日見報，因而在青年讀者層中，形成一股強大的影響力，是無可否認的。

人人出版社社址位於旺角彌敦道舊東樂戲院對面，和太子道相距不過百尺。樓下是一間鋼琴公司，左鄰則是文人作家常光顧的南風餐廳。社址好像設在閣樓，拾級登門並不費力。除了社址，還兼設門市部，專售人人出版社各類新書。我當時在弼街英華書院攻讀，深深覺得國文老師無法滿足我對文學的要求，《人人文學》恰巧填補了這方面的缺憾。力匡的詩名實在太吸引了，每天下課照例跑上去，在門市部東翻西揭，暗自留意誰可能是崇拜已久的詩人。學校下午四時下課。從學校到人人出版社，不消十五分鐘路程。但，每次跑上去，不用說看不到自己崇拜的偶像，連男人也看不到。一位小姐端端正正，坐在櫃枱上，禮貌地跟我點頭。另幾回又看到一位女傭打扮的婦人，大概是煮飯弄菜的。果然揣測不錯，力匡和孫述憲他們，每天在出版社開飯。有一回餓著肚子，嗅過飯香以後，終於認識了力匡。

那是一個星期六下午，《燕語》出版不久，頗為哄動。我買了三本，一本自己珍藏，另兩本借助詩人盛名，分別送給兩位短髮圓臉的姑娘。我一位三十年老友崑南，也是力匡的知音，對我説詩人的大作讀得多了，何不直接登門拜訪，求他指導迷津，能像他那樣寫一手叫座叫好的詩倒不錯啊。我們就這樣懷著一顆赤子之心，各帶一本紙香未褪的《燕語》，在約定的地點匯合，興高采烈，跑上人人出版社，拜會心儀已久的詩人。

出乎意料之外，窄窄的門市部，居然擠滿了人。記憶所及，女的比男的多，而女的又十居其九蓄了短髮；説到是否圓臉？抑或長臉方臉？卻記不得了。游目四顧，只見一名身型瘦削、膚色皙白，有幾分《聊齋誌異》裏常見的書生氣質的漢子，給一群短髮姑娘圍住了。這漢子不停的揮動手中派克金筆（那時還沒有原子筆），寫完又寫。喜獲墨寶的女孩，一個個從人叢中退出來，圍外的又接著跟上去。這樣的文藝場合，熱鬧愉快，簡直生平僅見。原來是詩人親筆簽名，怪不得這麼哄動。直等到人群散得七七八八，我才把握機會奉上《燕語》，請求作者親筆簽名。也有現場臨時購買的，都由力匡親筆簽名留念。《燕語》封面紫銀二色相配。我珍藏的一本作者簽名本，早已遺失多年，集中收詩若干不復記憶，聽說都是力匡當年力作。

我們初次見面，經他介紹，才知道力匡姓鄭，原名健柏，力匡只是筆名，任職香港中正中學國文教師。還記得曾這麼問他：鄭先生，為什麼你的詩寫得這麼好？力匡躊躇滿志地說：只要多多學習，你也會寫得像我那樣的。弦外之音好像說：多讀我的詩吧，總有一天你也會寫出名堂來的！臨別前，力匡還告訴我們：他的散文集《北窗集》快要出版了，在《人人文學》上會刊登預告，希望我留意。清楚記得曾經這麼問過他：是不是用同一個名字發表？力匡嚴肅地回答說：不，用另一個筆名，百木，那是由我名字中的一個字拆出來的。我才恍然大悟：力匡除了會寫詩，還會寫散文。自此以後，我真的向他的詩多多學習，還請求他修改詩作。不久，就壯著膽子投稿，也有在《人人文學》上登出來的，但面目全非，長長一首詩只改剩起段四行，刊在一頁文章正中當眼處。四行珍貴的詩句，活像坐鎮網中的蜘蛛，真是啼笑皆非。後來朋友都戲稱這些給力匡修改，只剩下四句刊出來的詩為「蛛網體」。

我先後和鄭力匡見過十餘次，彼此之間也建立了並不深厚的友誼。第二次見他時，還帶了一本紀念冊，誠懇請他寫下幾句勉勵後輩的話。像先前一樣，鄭力匡又用習慣的姿勢，拿起派克金筆即席揮毫。引用基督教偉人保羅在《新約．哥林多前書》十三章十三節的話，寫成「信、望、愛，最偉大的是愛。」我不明白他寫這句話的意思，大概是勉勵我們效法先賢，互敬互愛。那天孫述憲也來了，由力匡介紹和我認識；原來夏侯無忌就是他，齊桓也是他。我和孫述憲談過些什麼已記不起了。只記得有一次曾問過孫述憲：「你和徐訏相識嗎？」孫述憲坦白地回答道：「見過面，但不太相熟。」

我這樣問他是有原因的。五十年代的中國經歷了翻天覆地的改變後，南來文人似乎不約而同的習染了避世逃世的思想，以香港為桃花源。受了這種風氣的影響，無名氏的《塔裏的女人》和徐訏的《鬼戀》，是那年代最受歡迎的小説。五十年代成長的文藝青年，沒有不讀過這兩本小説的。徐訏在國內，已是成名作家。當時我這麼想，力匡和夏侯無忌既以詩著名，自然也屬名家，和徐訏大名並列是理所當然的。可惜我估計錯誤。在《人人文學》經常發表文章的真正高手，既不是力匡，也不是孫述憲，而是當時在香港文壇上並不出名的宋淇。真正值得欣賞的新詩極品，也不是力匡的商籟，而是宋淇大力推許的吳興華。這位燕京大學英文系講師，由宋淇推薦，以筆名梁文星發表的新詩，幾乎每篇都屬精品。只不過力匡適逢其會，遂享盛名。後來也聽朋友説：宋淇和人人出版社、《人人文學》淵源極深。人人出版社關門大吉，似乎也牽涉到私人感情。實情是否如此？不大了了。其後力匡突然離港，定居新加坡，從此擲筆，與文壇絕緣，固然可惜；現在想來，也未始不是一項果斷明智的抉擇。六十年代初某日，與孫述憲道左相逢，問起力匡近況，也不願提起，唯顧左右言他，另插話題。

黃思騁的文章還提到：「因為他的詩句中有『短髮圓臉的姑娘』，當我們招待讀者的時候，就來了許多短髮圓臉的姑娘」，這是事實。但有兩點我願意以讀者身份稍為補充。首先要說明的是：當年的香港真光女子中學，以藍長衫和短髮為特色。校長何中中，直至客死溫哥華之日，仍蓄短髮。香港真光女中，向來文風甚盛。目下替港中報刊執筆的才女作家，出自何中中門下的大不乏人。「來了許多短髮圓臉的姑娘」並不出奇，不見得都是受了力匡詩的吸引。其次，當時沒有賭狗，賽馬是貴族享受，閱讀風氣和社會風氣，比現在優勝許多。一般少女也以留一頭經過改良的短髮為時尚，替以後大行其道的「夏萍裝」預備了條件，「來了許多短髮圓臉的姑娘」，也不見得都是受了力匡詩的影響。因此，黃思騁認為力匡詩中有「短髮圓臉的姑娘」名句，在招待讀者時，吸引了許多短髮圓臉的姑娘參加這見解，是片面的，並不周全的。

《人人文學》還舉行過一次盛大的讀者遊船河招待會。由人人出版社租了一艘油麻地小輪公司專船，駛往清水灣，逗留竟日。力匡在船上鼓勵大家不要害羞，快快換上泳衣下水，還以身作則，撲通一聲跳進水裏。當時暗佩他文武雙全，現在回想那時情景，倒覺得他的外型，頗有幾分和《水滸傳》浪裏白條張順相似。那次遊船河最大的收穫，是結識了幾位文人作家，其中包括學問文章都好的水建彤。

嚴格來說，力匡的新詩，只算是吸引人的歌謠，不是上乘的詩作。後來書讀多了，文學知識增長了，就覺得他寫商籟，比不上馮至；寫情詩，更無法和徐志摩相提並論。讀完何其芳、卞之琳的詩，立刻發覺力匡擺脱不了這兩人的影子。人家出了《西窗集》，力匡不甘寂寞，也來一本《北窗集》，其間絕對沒有絲毫影響，是很難自圓其説的。即使不論詩，單講散文，百木全部傑作，無論內容和技巧，也比不上薄薄的《畫夢錄》。

力匡的詩最大的缺點是：同類意象居然一而再、再而三出現，成為濫調。忠厚的讀者會從心底裏原諒他，不忠厚的讀者就會説「詩人已經江郎才盡了」。事實上，後期力匡詩的讀者，大都捨他而去。力匡詩的另一缺點是：常常受了才情的限制，變成了無病呻吟。情詩自有情詩的格局，拜倫、濟慈、雪萊的情詩，絕不是無病呻吟。詩，並非人人可寫，必需七分才氣，加上三分才學，始可以在詩壇上佔一席位；反過來説，多了七分才學，只有三分才氣，僅配當學者，詩人卻萬萬作不得。偏偏力匡缺了三分才學。若能北窗埋首，多讀幾本書，不汲汲於每日一詩見報，成就當不止於此。

毫無疑問，作為推動香港詩運的功臣，力匡大名不容抹殺。我們也不應因為他的詩寫得不好，否定他在五十年代初香港文壇的歷史地位。力匡離港迄今，廿多年來未通過音訊。作為一位我的啟蒙導師，我認為，他已經完成了自己的歷史任務。

刊於《星島晚報．大會堂》，一九八四年二月二十二日

力匡《燕語》(初版)

回憶《淺水灣》
——兼談《現代小說論》

一九八四年八月二十二日，劉以鬯先生在星島晚報《大會堂》發表長文〈三十年來香港與台灣在文學上的相互聯繫〉，文中提及六〇年代初他主編的《淺水灣》，有這麼一段：「此外，有人告訴我，台灣出版商要將《淺水灣》中的一部分文章彙編成書出版。不過，這本書我沒看見過。」讀完這篇長文，隔著太平洋忍不住在心裏大叫：我藏了這本書，知道的人大概不會多。在北美，恐怕是孤本了，改天給你影印一份奉上珍藏吧。遂匆忙下樓，憑記憶從書架上找這本書一找就找到了。

筆者學人附庸風雅，給自己的書房起了個不倫不類的「齋名」——楓葉書齋，自號楓葉齋主，還請老友梁抱剛刻了枚印章。雅是夠雅了，房內卻凌亂不堪，書隨讀隨放，從來不會次序井然。內子有時大發慈悲，罵了一輪以後替我執拾好，到我再找的時候往往遍找不獲，許多時在書齋內互罵互怨。當然，她永遠是勝利的。因此，我從來不願意陌生人參觀垃圾堆。也因為摸慣了，好像《紅樓夢》第六回寫襲人伸手摸寶玉的大腿那樣，毫不費力，一摸就摸出這本書來。連夜細讀——也不知是第幾次了，不勝唏噓。昔年替《淺水灣》寫稿的往事，歷歷如在眼前。

書名《現代小說論》，由台灣十月出版社出版，列為十月叢書第五種。封面除書名外，還有「卡繆等著．十月叢書．5」字樣，封底則是 *Essays On Famous Modern Fictions*。出版日期為一九六八年十月，距文藝性《淺水灣》壽終正寢將近八載。發行人叫王玉傑，社址設在台北民樂街一五三號。由詩人辛鬱校對，畫家李錫奇設計封面。初版印二千本，後來有沒有再版不大清楚。我購這本書的年月日是：一九六九年一月十九日，並在封頁簽名。未談全書內容之前先讓我談談偏愛是書，因而順手一摸便能夠摸出來的三個原因：第一，《淺水灣》改版時，適逢我對文學由熱戀到狂戀的大變期，躲在山明水秀的離島教堂一隅，朝夕埋首苦讀。一天早上，忽接劉先生來信，說他在《香港時報》編副刊，需稿頗殷，囑我快馬加鞭急筆應付，且指定是介紹前衛文學的，自是正中下懷。從此以後，他和我亦師亦友，甚至成為日後文學上同一陣綫的戰友，這是我迄今仍非常懷念的殘斷往事之一。《現代小說論》所論文，除了一篇外，其餘均出自《淺水灣》。每讀一次，無異重溫一遍當日因《淺水灣》而引起的種種人為的，環境的甜酸苦辣。劉先生始終閉口不談他那時面臨的壓力，很多年以後，朋友才將實情說出來；但，歷史證明：《淺水灣》首開風氣，全面地、徹底地、忠實地、正確地介紹了西方現代文學，轟動一時。我後來相識的文學知音，即使今天在北美，仍向我問起《淺水灣》的往事，無限深情地懷念這名現代文學的保姆。

第二，從五十年代初《人人文學》創刊算起，三十多年間，筆者自問肚裏墨汁有限，蕪文難登大雅。發表小道文章除了為稿費，也求白紙黑字過過癮。拾人牙慧，何異滿紙胡言？

因而從未有選集付梓見人。偏偏上帝愛跟俗人開玩笑，《現代小説論》共收廿五篇專論，由我譯、寫的竟佔了十四篇。筆者何幸，居然叨了這麼大的光。版稅分文未付，倒不打緊，要緊的是「半選集」式的書過足了癮。楊牧說昔年他的《葉珊散文選》一版再版三版，連半個銅板也沒拿過。當代名家亦慘遭劫運，何況我這「無名家」呢？所以每次拿起《現代小說論》時那份豪情和快感，是得未曾有的！我無意說假話，那真是一種特別的體驗。

第三，說到將西方現代文學具體地介紹給中國讀者，《淺水灣》是繼《文藝新潮》之後出現的第二名功臣；不但走在台灣之前，且直接影響和促成六十年代初文壇上出現的現代主義運動。《文藝新潮》首先介紹存在主義給香港讀者；如果我沒有記錯，《淺水灣》則是介紹「意識流」較早的香港刊物。我譯出後，台灣馬上移用。現在這個名詞，早已膾炙人口了，國內作家亦經常掛齒。當時，香港的文學工作者，不但比台灣的文學工作者先走十幾步，更比其他地區的華文文學工作者，先走幾十步。筆者常常覺得，有幸跟在《淺水灣》一班同文後面，搖旗吶喊，願意站出來作證，說幾句公道話。《淺水灣》是《文藝新潮》的延續，沒有《文藝新潮》極可能沒有《淺水灣》。但更重要的是，《文藝新潮》開了山，《淺水灣》才毅然劈石。明乎此，讀者當了解何以拿起這本《現代小說論》時，豪情和快感會油然產了。

《現代小說論》既收拙譯拙作十四篇，不必細表，謹就品類略提。單講小說藝術的一輯，講意識流和心理分析小說的三篇，講六十年代風行法國反小說派小說的一篇，論紀德、喬哀斯、普魯斯特、沙特、福克納、勞倫斯、亨利．占姆士的各一篇，論卡夫卡的兩篇。至於發表時的筆名，劉以鬯在其長文中，曾兩度提過，於此不贅。煮稿原為稻粱謀，許多時連用過什麼筆名也渾然忘記。對《淺水灣》卻情有獨鍾，所以每篇印象難忘。現在重溫舊夢，難免感到當時下筆幼稚又欠成熟。幸而那時年紀輕，夠衝夠勁，天天譯天天寫不以為苦。尤憶幾次自長洲返港，逕往報館拜訪老編，親聆教益，如沐春風。那年代，老編還用毛筆蘸紅墨水編版排版，天天花樣不同，和目前《大會堂》的多樣化同樣出色，同樣令人欽佩。

廿五年轉眼間過去了，今日的香港文壇，新秀蠡湧，才人輩出；但在六十年代，我們卻是孤寂一群。後來的幸福多了，不愁無伴，因而《淺水灣》肯定已進入歷史，長留後輩的記憶裏。我今年快五十了，一生庸碌，半頭已白，幾十年大大小小往事，泰半已然忘掉，唯獨《淺水灣》永誌心坎。前輩柯靈在〈遙寄張愛玲〉的最後一段，寫來情深款款，很令我感動。且容效顰，來一次柯靈式的遙寄，以托緬懷，聊作本文的結束：我站在北美炎炎盛日長空下，太平洋畔，西岸之濱，憑窗送意，向當日一同開墾《淺水灣》的老編和港台文友，致以親切的問好。

刊於《星島晚報．大會堂》，一九八五年七月三日

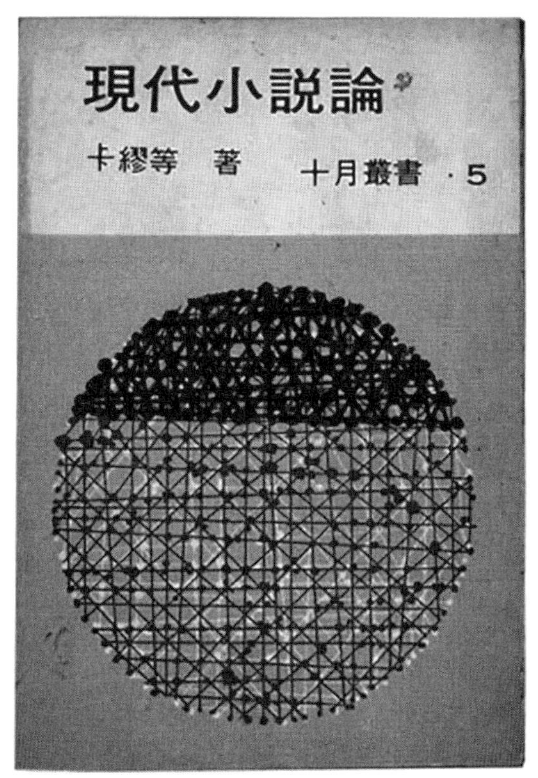

現代小說論

現代小說論
卡繆著
十月出版社出版
台北市民樂街153號　TEL　557537
發行人　王玉傑
海豐圖書印刷公司承印　台北市民樂街 153 號
TEL　557537
開本：1/32　頁次：134
印數：2000册
校對　辛鬱
封面設計　李錫奇
中華民國五十七年十月初版　有版權
定價新台幣：20元
登記證：內版業字第1544號

現代小說論版權頁

從《詩朵》看《新思潮》
——五、六十年代香港文學的一鱗半爪

一九五四年後，《人人文學》帶給香港文壇的高潮開始退卻，詩人鄭力匡掀起的風雨熱鬧，也跟著逐漸消散；儘管徐訏和曹聚仁仍擁有不少讀者，記憶中，似無法滿足像我這一類追求文學理想的、以宗教家事奉上帝的熱情、轉而事奉文學的年輕一代的渴求。當時我和崑南、王無邪、葉維廉、蔡炎培，已成了經常會面的文學知音。彼此先後競讀，《漢園集》、《刻意集》都一一讀過了。一天晚上，崑南和我約好，在王翊華羅便臣道家裏會面。無邪這個筆名，還不怎麼響噹噹。我們滿懷理想，一腔奉獻文學的熱血，甘願灑在腳下這片熟悉的土地上。我們先在《星島日報》的「學生園地」投稿。一九五二年屬周刊性質，後來出版頻密，一周面世幾次。這座毫不起眼的園地，正是培養日後本土作家的溫床，許定銘所指的五十年代中出現的《學生文壇》(詳見本刊去年第十期〈亞洲出版社的徵文比賽〉)，大概是指那個時期以《星島日報》「學生園地」為主的香港文壇新血。王敬羲是其中之一，王無邪更不待言，他自「淺水灣」以後，忽然棄詩從畫，似乎也曾跟我講過「退出江湖」的原因，可惜日後善忘，再無法記起來了。六〇年代末自美歸來不久，和他夫人吳璞輝，仍暫住羅便臣道，曾以美式

自助餐答謝幾位老友，從此醉心繪畫，以抽象圖畫問鼎國際畫壇。拜師呂壽琨，我也因無邪介紹，和呂壽琨成為莫逆，那便是後來的事了，從此發現無邪決絕文壇，撫今追昔，有幸有不幸。他詩畫雙絕，頭腦冷靜，論文不必反覆徵引，文氣自成論證，屬艾略特那一派能文善詩的學院名手。但我至終發現他畫比詩更好，頗折服他的先見之明。

那晚崑南約我夜訪羅便臣王府，說是要實現一個理想。我立刻乘船登車，直趨半山，蔡炎培先我而至。葉維廉當時在深水涉的崇真英文書院攻讀，天天拾級上山。也許山路傾斜，未克赴約，翌年買棹去台，此後極少會面。前事如夢，那晚談理想的細節，怎也記不起了，只記得他架上眼鏡，渾身充滿詩神細胞（三十幾年前，他的外型和神態最像徐志摩），鄭重表示要辦一本詩刊，定名《詩朵》。《詩朵》的理想，只是崑南個人理想的實踐，我無可無不可，沒發表什麼意見，蔡炎培卻首先響應。那時候，他用杜紅筆名發表詩作，極力模仿梁文星、何其芳、馮至和卞之琳。學梁文星最神似，「前緣未了，又進入後面的糾纏」，終而創出一己風格，獨步詩壇。《學生文壇》能產生蔡炎培這麼一位（當然不止一位）詩家，的確史未曾有。又惜他品性比我更衝動，唯其如此，右手的繆斯才永遠眷顧。羅便臣雲影月色、桃花柳絲，早已完全忘記，唯獨炎培振臂高呼——「崑南，你的理想很了不起。我願意為《詩朵》流最後一滴血！」——這兩句話，知道的人甚少，在我卻是記憶猶新。無邪為人忠厚，崑南面對傷心事，休重提。我也絕口不提，當今香港文壇新秀，前恭後踞，稱他蔡老先生，恐怕更不知他和我三十九年的交情。

《詩朵》遲到一九五六年才出版，原定月出一冊。既是崑南自己理想的實現，而我一開始就缺乏了什麼詩家必須具備的憂時傷國的情懷，所以沒有流下最後一滴血，只出了三期。在《詩朵》上發表新作的，似乎只有崑南、王無邪和蔡炎培。葉維廉已入台大外文系，好像也發表過一兩篇，因已散失多年，重價搜求無著，僅憑我殘斷記憶縷述，自然不會準確。過了不久，崑南自資出版的詩集，也是他的處女作《吻，創世紀的冠冕》面世，未曾哄動，讀過的文學中人，大概不會多。他送了一本給我，十年前仍珍藏書架一隅，和《杜少陵集》並列。來加以後，才發覺不翼而飛。我無意為老友撐場面，但求清心直說。如在《吻，創世紀的冠冕》的詩，今日要是重讀，相信崑南自己一定臉紅，和一年後他在《文藝新潮》上發表的、一系列經過感情過濾的〈布爾喬亞之歌〉、〈賣夢的人〉，自是不可同日而語。崑南擅長寫詩，受艾略特和無名氏影響極深。散文筆觸亦見真情，小說自然不是他的看家本領。六十年代中也是自資出版的《地的門》，嚴格說，應當是一篇詩體小說。他和我此刻天各一方，千水流復去，萬山環抱，滿圈孤寂擺在眼前。雖無緣碰面，但在他的心坎裏，決不會失去這位昔年的親密戰友。至於我，當然沒齒難忘，因為我們都是飲同一江清水長大的。

從五十年代到六十年代，崑南始終童心未泯，詩才與日俱增，對文學的執著與熱誠，無時稍懈，那種一往情深的精神，迄今仍令我佩服。可惜《詩朵》未曾面向大眾，只是一次個人的浪漫歷程，缺乏實質的內容，因此活像貧血病人，也好像沒有母乳便養不起來的嬰兒，註定早年夭折，結果我們都眼巴巴望著它無疾而終，當時我們那個小圈子，沒一人後悔。幾個月後，《文藝新潮》面世，崑南成了旗下支柱，但真正讓他拿著「夢與證物」雙雙登場的，卻是《文藝新潮》結束，《淺水灣》開始之前，驀然光臨的《新思潮》。

《新思潮》半月刊是崑南、王無邪和我三人合辦的，一九五九年創刊。我們並肩吃過苦，捱過難，也一同分享過生產時的痛和樂。崑南負責每期編務，最初以十六開形式面世，由北角一家印刷廠承印，公開發售，但銷路欠佳，似乎也不大引人注意。出了幾期，因經濟條件所限，僅靠三人（事實上崑南付出最多）辛苦節省下來的稿費拼湊，前途未容樂觀。逼於形勢，我們決定改版，由十六開縮小至大卅二開。今天身在北美，《新思潮》散失殆盡，無法參考，實際出了多少期也逐漸淡忘了。那時我們幹勁沖天，每期又譯又寫，約是三十來頁，刊登的文章，篇篇保持一定分量。以當時的欣賞水平推斷，堪稱鏗鏘有聲；雖然難與名家並駕，總算不遑多讓。回顧五九至六〇年間，《新思潮》的出現，可以說是代表現代主義運動過渡期業已告終，現代主義後的新時期正踏步降臨。到目前為止，三十年間我寫過幾十篇形形色色、字數不一的短篇小說，全部難登大雅，自問無法和當今短篇小說名手一較高下；儘管這樣，卻寫過一篇自己到今天仍印象難忘的短篇〈佩槍的基督〉。小說以意識流上下縱橫新技巧，在崑南慫恿鼓勵下，一氣寫成的，刊於改版後的《新思潮》。

小說篇幅僅四千字左右，寫一名械劫銀行大盜得手，困處斗室的寂寞心境。當時社會安定，人口未到五百萬，銀行械劫少之又少。適逢那時窮極無聊，空懷壯志，卻不甘受經濟環境支配，奈何蒼天難動，不甘也只好默默承受了。小說題材成於偶然，腦裏天天充滿種種幻想，竟然幻想械劫銀行，更以身作則，將自己幻成大盜，為解救家庭困局，自願敢死無畏。各各他山上的基督，縱有神的一面，仍要大喊一聲斷命，人性貴乎這麼一叫。主角持槍械劫，別無含義，更不是救世主，只因題目別緻，很能製造和小說內容配合的特殊氣氛，遂寫下了〈佩槍的基督〉。那時候，絕未想過廿幾年後械劫銀行會形成風氣。但願現在的銀行劫犯，不是從我那篇拙作獲得靈感的。

還有一點，必須在此一提，現代文學美術協會成立，也是崑南個人的構想。一九五八年十二月十二日，正式向政府登記成立，屬不牟利非政治性團體，註冊證號碼 SR-1798，《新思潮》以協會的機關刊物姿態出現。一九六三年三月，在李英豪會長任內，我們以英文出版過一本《香港現代文學美術協會》會員名錄，發表協會四大任務：一、推展香港文學藝術運動，二、發揚現代文學藝術的真正價值，三、與香港各文學藝術團體緊密合作，共同推動文運，四、聯絡全港職業及業餘畫家及文學工作者。

會員名錄共三十人，當中不乏今天飲譽港台文壇的詩人名家。畫家作家平分春色，各領風騷，例如劉國松、張義、文樓，廿三年後的今天，已然取得國際地位了。呂壽琨雖已作古多時，但首創禪畫，以鬯兄的小說《酒徒》初版，扉頁用他一幅水墨，北美畫人受他影響甚深。此外，香港現代文學美術協會更主辦過幾次國際沙龍和個人畫展，轟動一時，因與文學無涉，不贅。我擔任過一屆助理秘書，也是李英豪會長任內，葉維廉任副會長，崑南任秘書，金炳興任助理秘書，現居北美的林鎮輝任財政。

「猛一回頭，竟是一條朦朧美的彩紅」。讀舊友葉維廉詩句，不禁悵然。伴隨身邊的歲月湮沒了，多少事，已無痕跡。幾縷輕煙焚掉少年的夢，人說都遠去了，不必追懷前箋。舊頁也無可奈何，寫滿了歪斜字體，何必念念不忘呢？遙望三千里，舉步未算維艱，再看看盡頭的風景吧。很好，讓我暫時歇歇，猛回頭，或許彩虹在上，朦朧是夠朦朧的，畢竟仍然美，直透無盡深處。

八五年十月九晚於溫哥華楓葉書齋

刊於《香港文學》第十三期，一九八六年一月五日

現代文學美術協會主編

第一期

新思潮

布達拉宮的火燄

《新思潮》創刊號

詩朶

2

詩朶出版社出版

《詩朶》

卷首語

多謝一部份朋友和讀者底關切和關注，這一期的「新思潮」終於在極度困難下出世。我們尤其是感謝一些熱誠的朋友答應了按期捐助，令「新思潮」以後將可以每兩個月出版一期，令愛護本刊的人不致失望。

本期幾乎全部是由我們的作者執筆。文藝篇幅擴充了很多，這是為適應讀者的要求而擴充的。因爲我們的最大目的是為文化界或運動開路的論者，和容納些真正的批評。蕭林康的「論現階段中國現代詩」是值得注意的。盧因的存在主義小說「肉之貨品」，是作者自「文藝新潮」的「餘温」後的最佳力作，故特別一次刊完，以饗讀者諸君。

這期的特稿是「聯合書院風潮紀實」，由本刊記者分向各學生及各有關人士實地採訪，所以很是特別詳細，尤側重該事件之前後因果，對於關心本港專上教育的人士可對此風潮有全面性之了解。

《新思潮》卷首語

文學不能在香港立足？

在一本雜誌上，讀到以下一段文章：「而在這寸草不生的文化沙漠裏，文學確也無立足之地，日以繼夜地工作，改變了他的人生觀，認為賺錢才最實際。以往一首小詩會令他如醉如痴，欣喜若狂，如今文學已不再擴張他的心靈。」（《中國與教會》第五十六期。八六年十一至十二月）這段文字講了作者三個意見：一、香港是文化沙漠，文學確無立足之地；二、日以繼夜的工作，會改變一個人的人生觀，認為賺錢才最實際；三、在香港這麼一個專講賺錢的社會裏，文學無法擴張心靈。這段文字的作者是女性，自內地移居的新移民，目前在香港生活，我也曾在香港生活過，而且年月比她多許多；她從西方文學接觸了人文思想，我則主要從文藝復興期間和以後的西方文學，接觸了人文思想。更重要的是，我對文學以前有、現在仍有一份執著的熱情和要求。基於這三項共同傾向，我對上引文字的作者在她那段文字中斷然提出的三點，除了第二點外，其餘一、三兩點，我都不同意。說香港是「寸草不生的文化沙漠」、「文學確也無立足之地」，由於作者沒能提供足夠的理由支持她這個觀點，所以我不同意。

至於第三點，一個人要是整天講錢，開口閉口錢錢錢；不要說文學沒能擴張他的心靈，連天下第一美人，也未必能擴張他的心靈。在一個講錢的社會裏，只要文學在，熱愛文愛的人仍在：文學有其功能，仍可以擴張人的心靈。因興趣所及，僅就第一點——香港是寸草不生的文化沙漠——提論，證明文學不但能在香港立足，且影響正逐漸向外伸延；立足之地的範圍，也比以前擴大了。關於文化的意義和詮釋，廣泛而又複雜，三言兩語無法說明。從最單純的字義看，罵人「無文化」，實際是指那人沒教養，不知書識禮。從近一點看，學校是傳授教育、灌輸知識的「文化所」，香港人均有文化，因而學校學府林立。我二度歸來，眼看用人類文化結晶蓋起來的高樓大廈，置身其間，連太陽也讓位。至於蜿蜒腳底的地下蒼龍，看不見的隧道，互競車速的賓士，凡此種種，都是人類文化的成果，也是數百萬香港人共同努力掙來的文化收成，怎能說是寸草不生的文化沙漠？留港期間，還參加過「文化活動」，見過不少「文化場所」，看過不少「文化表演」，接觸過不少「文化人」，更觀賞過不少「文化節目」。若寸草不生，沙漠一片，以上我所見過觸過到過的「文化現象」、都不是真實的了。

自香港開埠以來，香港文學都能在這塊土地上立足。我們只能說立足甚難，不能一口斷定「確也無立足之地」。研究香港文學發展史的楊國雄，引阿英《晚清文藝報刊述略》一書記載，認為香港最早出現的文藝期刊，是一九〇七年出版的《小說世界》。（楊國雄〈清末至七七事變的香港文藝期刊〉，《香港文學》十三期）一九〇七年之前，一定還有不少文學中人，在香港沒沒無聞，可惜不為後世所知。一九〇七年到今天，香港文學盛衰不斷，花開花落；儘管很難立足，畢竟仍然立了足，足證是有地立足的。許地山在這裏立過足，茅盾在這裏立過足，魯迅曾來港演講，也立過足；戴望舒、蕭紅他們更不用提了，豈能貿貿然說在香港，「文學確也無立足之地」呢？

中國研究香港文學發展史極有心得的學者潘亞暾，在北京中國社會科學院文學研究所高級進修班上，作過一次香港文學歷史發展狀況的報告，博引旁徵，列舉事實，指出香港文學過去的成就。沒有地，足固然不能立；缺乏事實根據，又怎能說「確也無立足之地」？潘亞暾在香港實地考察三個月，清楚認識到「沙漠論」是無稽之談。他說得好，有人群的地方就會產生文學。經過深入調研採訪，潘先生的結論是：香港文學是客觀存在的。他從實際的客觀環境，將香港文壇實況，區分為流行文學和嚴肅文學，潘先生所肯定的則是後者。「時至今日，所謂『香港沒有文學』和『沙漠論』已沒有市場了，人們開始對香港文學刮目相看了。」（潘亞暾〈港台海外華人文學現狀〉（二），《香港文學》廿一期）

三十多年來，我始終是香港文學的擁護者。常常為香港文學的退潮歎息，也替香港文學近年的勃興而高興。雖說離開香港十四年，但，香港文學擁護者的身份一直不變。香港不光有文學，且能立足。我三十年代中在香港出生，四十年代長大，五十年代成長，長期以來受典型的殖民地教育。十歲以後讀黃慶雲主編的《新兒童》，從此培養起我對文學的興趣，以迄於今。在我長大成長的過程中，親眼目睹香港有文學立足之地。五十年代開始，更加關心香港文學，先後認識了一群文學上的良師益友。既有這樣的成長背景，所以才敢憑香港文學擁護者的資格，義作證人，證明香港絕不是寸草不生的文化沙漠，反對「文學確也無立足之地」這個片面膚淺的說法。

上引那段文字的作者，受過不如意事的衝擊，所以才提出「沙漠論」，才提出文學在香港「確也無立足之地」的淺見。可以看出，該文作者在香港居住的時日尚淺，對香港文學的涉獵欠充份。加以活在一個錢錢錢的環境裏，一旦受了生活的衝擊，文學自然不再擴張她的丈夫，以及她本人的心靈了。我前後兩次回港，喜見香港文壇新秀執筆無間，各呈創意，更加深了我對香港文學的敬禮和祝福。海外雜誌例如用英文出版的《亞洲週刊》，早已肯定了香港文學歷年的業績。「沙漠論」難令人折服，「無立足論」同樣沒有市場。即使只有一位喜愛文學的人立足香港，雖然立得那麼維苦維艱，文學是確也有立足之地的。

刊於《星島晚報·大會堂》，一九八七年二月二十六日

評《劉以鬯研究專集》

去年九月，四川大學出版社出版《劉以鬯研究專集》，列為「當代中文學研究資料叢書」一種。根據編者的〈前言〉透露，這套極具規模的叢書，「由全國三十多個單位協作編輯」，全面介紹「在國內外有一定影響的近二百多位作家的研究專集和合集」。先出版作家的研究專集和合集，包括一、作家的生平和創作，二、評論文章選輯，三、作家著譯繫年，四、評論文章目錄索引。這樣的編輯體例，毫無疑問，正是研究專集裏所收各家評論、介紹、報道等文章的標準；因此，這本《劉以鬯研究專集》，不但替國內研究劉以鬯小說的文學評論家和學者開了先河，退一步說，也同時替香港文學研究的後來俊彥，樹立了良好的楷模。

按出身背景，劉以鬯不是在殖民地土生土長的，像侶倫那一類的作家。一九四八年自上海移居香港，從一九五二到五七這七年裏，他還應聘遠離港島，前往南洋工作。在香港居住、薰陶、同化、受香港民風習俗徹底洗禮的長年歲月，不妨從五七年開始計算。劉以鬯雖然以浙江人身份南來，經過三十多年的生活磨煉，實際上已經變作飽受殖民主義風霜的香港人。在他的腦海裏，香港人的典型心態和言行，隨時隨地勾畫無遺，成了歷史的印記。國內研究二次大戰後對文學貢獻卓有成就的香港作家，首先研究劉以鬯，主要原因是先認同劉以鬯的香港作家身份，出身背景反而次之又次，這是研究劉以鬯小說（當然也包括他對文學的熱愛與虔誠）的大前提。忽略了這點，任何研究便失去意義了。

《劉以鬯研究專集》的另一項價值，不在提高國人聲譽而在肯定成績。事實上以他謙謙君子、虛懷若谷的情操，是不圖浮名虛譽的；他歷年提拔後進、扶植後輩的苦心，在文壇上傳誦一時，已經是至高無上的聲譽了。我是劉以鬯的晚輩，受過他的提拔和鼓勵，沒有必要趁研究專集面世錦上添花。正由於他對香港文學的獻身精神，連帶戰後的香港文學，也在近年急步起飛，他的深遠影響，實在不容抹殺。和他同期南下的其他香港作家，未必像他那樣，生活習慣和語言，無不與廣東人同化；筆下的人物故事，更未必像他那樣，加入了本土意識，大量運用了香港人的風俗民情。類似的例子頗多，筆者無意一一列舉了。從整體看，這本研究專集出版，是戰後香港文學的殊榮。

劉以鬯近三十年的文學業績，以一九六三年十月海濱圖書公司初版的《酒徒》為頂峰，論者也認為，這本揭露香港五、六十年代文化界醜惡真相的意識流小說，是詩與小說的結合。作者使用的語言，是純粹的詩的語言，更是作者自己貫徹小說創作技巧突破再突破的先聲。這樣的論點非常正確，可惜評論《酒徒》的思想結構，極少評論家觸動《酒徒》的本土意識。喬伊斯的影響毋庸置疑，從形式到實驗的角度衡量，作者顯然比穆時英、汪曾祺走得更遠。講到創作技巧突破和成績，反而後來收在《劉以鬯選集》(香港文學研究社,一九八〇年一月版)、《天堂與地獄》(廣州花城出社,一九八一年八月版)的十多篇短篇小說更可觀,特別是刻畫窮愁潦倒心態的〈除夕〉、描寫面臨善惡禁果式誘惑的內心鬥爭〈蜘蛛精〉,充份表露了作為當代中國短篇小說大家的劉以鬯的氣質與才情。可惜香港的文學評論家,還未看到這兩篇小說所提示的技巧探索的途徑,是以《劉以鬯研究專集》裏,僅得一篇評論〈蜘蛛精〉的短文,尚算深入淺出,評析〈除夕〉的反而獨付闕如。以兩位編者的細心和努力,大概不會滄海遺珠吧?且求異日緣到,隔著遼闊的太平洋,看高手怎樣出招了。

劉以鬯從不諱言曾大量產生「行貨」(流行小說),急就章娛樂別人,只在夜闌人靜,才竭盡心力娛樂自己。即使娛樂別人,小說裏的本土意識亦比比皆是,例如缺乏出書年份的《天堂一角》(香港南天書業公司版),講舞女風流韻事,他給男主角起綽號「豆皮李」(應為廣東人的典型綽號「豆皮季」的手民之誤),充滿了讀後掩卷令人會心微笑的特殊效果。說到語言也別具一格,和今天大量出產行貨的流行小說家,粗製濫造情況迥然殊異。五十年代末期,一度流行每星期出版一次的「星期小說」,劉以鬯的《藍色的星期六》,以曲折奇詭的情節和結局,揭開了傳奇小說的序幕。現在的流行小說,行文既膚淡,故事又單薄。如果讀讀劉以鬯三十年前的「急就章行貨」,日產八千至一萬二千字仍那麼思考奇特、變化多端,回過來讀今日的流行小說,目下的流行小說作家未免太落伍了。

如前所述,劉以鬯對文學的熱愛和虔誠,十年如一日;再加上佛徒式的執著,無可奈何地長年娛樂別人,未免大才小用。此所以我近年極力主張，評價他的文學業績，應當從後期的短篇小說著手，然後回來專論《酒徒》，才可以尋覓追蹤三十年辛苦創作的方向。《劉以鬯研究專集》是香港文學史的里程碑，雖然集中所收章長短不一，但各有內容。作者三十多年間辛苦筆耕的全部過程，已呈現讀者眼前。文學創作的個人風格和學養，也一爐共冶。劉以鬯在《酒徒》初版的〈序〉裏說，「這本《酒徒》，寫一個因處於這個苦悶時代而心智不十分平衡的知識分子，怎樣用自我虐待的方式去求取繼續生存。」我個人也相信，這《酒徒》裏隱藏著作者本人的影子，藉《酒徒》刷新華文小說創作技巧的嘗試，在香港文學史上是空前的，歷史價值獲得肯定卻遲了廿幾年，委實出乎意外。

作為劉以鬯的晚輩，筆者當然喜見不久的將來，另一本更具專業水平的研究劉以鬯小說的專集問世，但我更樂意看到後浪推前浪，一波未退一波來的驕人成績。這本《劉以鬯研究專集》，只是第一本研究香港作家對香港文學超卓貢獻的專集，第二第三第四以至第十本將接踵而至。歷史未到盡頭，難保研究未來香港作家的專集，不會多到近二百本，那將是後世香港文學史家的偉業了。只有這樣香港文學才能大放異彩，也只有這樣，《劉以鬯研究專集》才經得起時間的考驗。我誠懇期望這一天終於到臨。

八八年三月五晚燈下

溫哥華楓葉書齋

《文匯報》，一九八八年四月三日

悼侶倫

三月廿九日，本報美洲版刊載香港老作家侶倫病逝的消息，不禁悲從中來，無限感觸。我和侶倫並不認識，儘管跟他稔熟的朋友，多次表示擇日介紹相聚，我也曾默默地等著這機會早日降臨。忽然傳出噩耗，陰陽兩隔，上蒼故意安排與他無緣無份，人際境遇又豈能隨便苛求？無限感觸倒是一點不假。

我久聞侶倫大名。但到目前為止，除了友人極力推薦的《窮巷》，以及兩年前親自向香港三聯出版社訂購的《向水屋筆語》，其餘作品未曾廣泛閱讀，實在無資格寫這篇悼文。《窮巷》自有顯著的特色，作者精確掌握香港戰後初期小市民的低層生活心態，透過現實主義創作技巧，使本來簡單的故事骨架，變得複雜多姿。描寫香港社會眾生相，是這本小說的特定主題。有血有肉的典型人物，更是呼之欲出。怎樣從鬆弛蛻變為紮實，怎樣在狹隘的天地躍進廣闊的空間？儘管作者所表現的小說技巧，自始至終遭受個人氣質的局限，劃時代的筆調是難以尋覓了。畢竟小說裏的人物諸如杜全、白玫、高懷、王大牛、包租婆等等，都是典型的香港小市民，因此我在北美展卷之餘，也格外親切，對他筆下的人物也頗具好感。

至於《向水屋筆語》，先在本版按時拜讀，等到彙輯成冊再讀一遍，對二次大戰前後香港文壇的情況。總算略知一二。正由於懷著求史的心情，才細讀侶倫這本遺作。他從十七歲開始投稿撰文，獻身文學，筆耕超過半個世紀。幾十年間努力創作，不問收穫，單單這份氣魄和毅力，已令我肅然起敬。七十以後雖說停筆，但也應邀為「大公園」撰稿；嚴格說，侶倫的創作生涯，實際上已超過五十年。

《向水屋筆語》大部分篇幅，不離早年香港文壇的一鱗半爪，既有作者親歷其境的追記，也有事後回憶的片斷。一九二四年魯迅訪問香港，香港人對魯迅的認知，不外「有名氣的文學家」而已。在這麼一個低調的環境裏搞文學，侶倫的「傻瓜精神」：我自問是望塵莫及的。說到香港新詩史上最早一批的詩人，侶倫亦以局內人身份，娓娓道來，如數家珍。像易椿年、劉火子、李心若諸家，不是沒有結集問世，就是年代過遠，難怪後世讀者對他們愈來愈陌生了。

從時間上看，侶倫本人恰好是一部活生生的香港文學史。他的名字固然佔據重要席位，《向水屋筆語》更是研究早期香港文學活動不可缺乏的參考書。《窮巷》沒有《齊瓦戈醫生》那類的史詩結構，也欠缺了《城堡》那樣的張力和震人的氣氛。侶倫的其他作品，或許更能具體地描寫資港社會的低層生活。但，作為香港色彩異常濃厚的本色文學代表作、一本作者高興寫的小說，才讀了不久，忽然獲悉侶倫死去，內心的感受，只能用無限惆悵來形容了。

《大公報》，一九八八年四月九日

侶倫（1956）在家中閱讀

侶倫的《伉儷》

侶倫的《紅茶》

五十年代的現代主義運動
——《文藝新潮》的意義和價

前言

晚近研究香港文學的國內和本地的學者，從文學批評和分析的角度，肯定一位作家的貢獻或成就的多，站在述史的立場，透過社會變遷的時代背景，評價文學刊物對作家的貢獻或成就所起的作用，在整個香港文學史上所產生過的影響等等，到目前為止仍付闕如。本文主要目的是，透過普世性的文藝思潮激出的火花，探討《文藝新潮》誕生的社會背景、對香港文學的啟示及其出色的貢獻。

劉以鬯在〈三十年來香港與台灣在文學上的相互聯繫〉[1]一文中，曾提到《文藝新潮》。但他只在綜論三十年間香港、台灣兩地的文學影響引列事實，指出《文藝新潮》「影響台灣的文風」，並無具體論述其在香港文學史上所應享有的地位和評價。創辦人馬朗（博良）廿八年後回顧《文藝新潮》所走過的道路，對一九五〇年代香港經歷過一次暴動以後的社會環境感嘆之餘，只覺得「《文藝新潮》是點燃了香港文藝復興的火炬」[2]。這樣的評語雖然略帶主觀，頗有賣花自讚之嫌，不過，也符合當時的實情。《文藝新潮》創刊前後，香港文學陷入低潮。「點燃了香港文藝復興的火炬」，應當是指在文學退潮的低調聲中，重新舉步、重新振作、重新抬頭這三點而說。

明顯的，劉以鬯和馬朗兩位，同樣沒有從文學批評的角度，界定《文藝新潮》的意義和價值。究其原因，完全是由於兩人立論的觀點截然不同；前者僅就香港、台灣三十年來的文學關係，透視《文藝新潮》的業績，後者則盡量避免在回顧過去的同時，以創辦人身分自說自話的尷尬場面。如前所述，筆者既已講明了撰寫本文的主要目的，應當還有次要的目的：香港文學現代主義——六十年代香港人口頭傳誦的諷刺口吻是「現代派」——意識的形成與檢討，也就是本文題目原意的根源。

長久以來我始終深深感到，評論《文藝新潮》，自以解鈴還是繫鈴人最為適宜，此中最具資格的，馬朗當屬首選。可惜他早已離開香港，斯人不再，後會遙遙無期，他想講的大概也早已講盡了。筆者有幸，忝屬《文藝新潮》一員。環顧昔年由馬朗振臂高呼歸到旗下來的舊將，不是撒手人間，就是告老歸田；不是退出文壇，就是遠走他方，仍堅守文學陣營執筆無間的，數來數去只有劉以鬯最具資格。這樣的大題目，應當由他執筆，我在這裏僅算濫竽充數。

特殊的社會環境

《文藝新潮》一九五六年三月十八日創刊，恰好是五十年代中葉。五十年代初發軔的香港文學熱潮已過，文壇上的喧嘩鬧音逐漸沉寂。當時香港的文學氣候，實際上正處於從懷念鄉情轉向面對現實的低溫期，思想上的傳統和現代的衝突並不明顯，社會上的右傾氣息比較濃郁。

《文藝新潮》恰好是在這個特殊的社會環境下出現的文學期刊。顯而易見，創辦人馬朗，以推介現代主義文學為己任，並不表示他洞觸先機，而是五十年代中香港社會的特殊條件，適宜傳播現代主義文學的種籽。由馬朗執筆的創刊號〈發刊詞：人類靈魂的工程師，到我們的旗下來！〉，大膽預言「樂園的境域不容自我的抉擇，叛逆者加上標誌，刑罰的預兆。」「大家沒有方向，在衝撞，在陷落，在呼救，然後趨向頹廢和死亡。」馬朗借助這篇創刊詞，抒發自己的文學理想，當時的他，氣充力足，環顧文壇上的荒蕪境況，在「一群豪豬是容易彼此碰傷的」[3]文壇圈內，呼籲「我們要重新觀察一切的世界。」「如果……鬥爭的本能沒有湮消，……我們想到呼喊，要舉起一個信號」。

馬朗不是社會的先知，卻扮演著香港文學先知的角色。他振臂呼喊的姿態和語氣，處處使我們想起《四福音》中施洗約翰的〈曠野人聲〉[4]。只要將施洗約翰的呼喊，稍作修正，變為「預備香港文學的新路，修直香港文學的曲道」，就不難看出他的先知角色了。

當「綠背文化」[5]的美元侵略吸引了部分文化人，的確令香港文學一度出現過表面繁榮的假象。像友聯研究所屬下的友聯出版社、亞洲出版社，從五十年代初到六十年代末，起一代文風，全靠「綠背文化」支撐大局。這期間，還有一家自由出版社，出版過為數甚少的文學著作，幕後也由美元牽動。筆者提出這類史實，旨在證明當時的社會環境，在一個精神枯萎、思想真空、社會大眾普遍漠視文學的社會環境裏，銳意探索文學的新養料，的確需要堅毅不拔的勇氣。

馬朗本人有沒有受過「翻天覆地的大動亂」的直接衝擊？這裏不擬深入研究。說到以文學表達的方式發洩他對時代的感受；以藝術傳播的手段，澄清五十年代中香港文壇呈現的「一切粉飾的色彩」，他的勇氣是值得欣賞和嘉許的。至於建立迎合現代文學思潮的新樂園，更是不容爭辯的事實，從中也可以看出他的理想、抱負和壯志。後來獨力難支，無以為繼，則屬另一篇論文的範疇了；由他舉起的信號，也很自然的因而時斷時續。

從人際關係到使命

馬朗有沒有承受「綠背文化」的誘惑？沒有。在他所活動的極其有限的文藝圈子裏，既沒有美元的利誘，也沒有來自任何個人或團體的額外經援。創辦《文藝新潮》，與其說是他個人理想的實踐，不如說是人際關係的酬謝更來得恰當。《文藝新潮》和環球出版社的一段情，意義尤其重大，給後世寫香港文學史的學者，留下了一則前所未有的佳話，足以流芳百世。馬朗對這段人際關係的一段情，有以下的見證：

> 那時，在出版界生意興隆的環球出版社，許多編輯事務都是請我策劃，為了這項淵源，環球主人羅斌不顧利害，一口承諾為我出版這本刊物，作為答謝。[6]

根據馬朗的說法，這位環球主人，是他孩子時代的朋友。得一知己，死而無憾；也難得環球主人慷慨答允，在文藝方向模糊不清的殖民地，協助催生文學的花蕾。縱使第六期以後，環球主人意興闌珊，不再支付稿費，馬朗拉不到徐訏的小說仍苦撐下去，前後出版了十五期。這位環球主人，看來再沒有什麼更能取代他支持出版《文藝新潮》這份令人倍感興奮的雅意了。

馬朗曾公開宣稱《文藝新潮》的兩個意旨，一個是「在文學上追求真善美的道路，從藝術上建立理想的樂園。」[7] 所謂「在文學上追求真善美的道路」，意義不太明朗。他心目中的真善美，「就是要在革命的狂流中開始一個新的革命，一個新的潮流——這個新的潮流就是現代主義。我認為，通過現代主義才可以破舊立新，這是文學上追求真善美的道路。」[8] 另一個是「對於民主自由的要求。……廿八年前，海外的中國人的世界，很悲觀，很絕望，然而，我總認為……要開拓一個新的淨土，一個新的烏托邦。」[9]

上述兩個意旨，不妨同時看作使命。嚴格說，那只是馬朗自己在經歷了一次時代的波動後，自發的藉文學寄懷的使命，不一定為《文藝新潮》其他作者所接受或認同。通過大量介紹外國現代主義文學作品，從中破舊立新，尋求香港文學今後可行的方向，這個觀點異常正確。在以後漫長的三十二年的香港文學史上，《文藝新潮》所享有的高度評價，也證明他已經完成了第一個使命。但，《文藝新潮》的其他作者，未必像他那樣充滿現代意識，熱心投入現代主義的行列。從這個角度觀察，以馬朗為代表的《文藝新潮》，只完成了第一個使命。

至於第二個使命——開拓新的淨土和烏托邦，同樣犯了概念不明的毛病。馬朗心目中的淨土和烏托邦，是代表現代主義文學更生變化的夢想還是理想？抑或以文學為橋樑，引導殖民主義社會邁向平等大同的淨土和烏托邦？《文藝新潮》要求哪一類的民主？如果單單針對大陸政局，馬朗缺乏政治野心，何況《文藝新潮》只是一份態度嚴肅的純文學雜誌，是左、右兩面不討好的「現代派」；他致力推動的現代主義文學，左、右兩面同樣沒有市場。民主自由的要求，只能說是焚琴浪子在無人聆聽的陽光下，出自內心深處的呼求。

存在主義引入香港

這麼說來，《文藝新潮》的意義和價值便非常明顯了，它帶給五十年代中一片荒蕪的香港文壇第一個出色的貢獻是，引進直捲歐美文壇的存在主義文學思潮。儘管《文藝新潮》的整個歷史履程，從一九五六年三月十八日創刊第一期起，到一九五九年五月一日最後一期止，沒有發表過一篇完整地介紹存在主義文學或哲學的論文，但在創刊號的〈法蘭西文學者的思想鬥爭〉裏，作者翼文率先在香港提到存在主義這個名詞。[10]

何謂存在主義？作為文學思潮主流的存在主義運動，什麼時候在什麼地方發軔？興起的過程到底是怎樣的？[11] 翼文的文章隻字未提。讀者讀完了全文的第一印象，不過因認識存在主義這個新術語而倍感興奮。由於翼文提到「在聖．日曼．底．普萊區街道旁的咖啡座上，分組的青年學生熱烈地辯論存在主義宗師尚．保爾．薩泰（Jean Paul Sartre）或他的弟子阿爾培．嘉謬（Albert Camus）所提倡的『失望』之確實程度」，《文藝新潮》的讀者才知道，尚．保爾．薩泰和阿爾培．嘉謬是存在主義作家，兩人的師徒關係後來破裂，在政治上分道揚鑣。自此以後，聖．日曼．底．普萊區街道旁的咖啡座，會不會熱鬧如昔？翼文也沒有提及，文中提到法國文學界的思想鬥爭，更是語焉不詳。讀者摸通了它的來龍去脈，直接了解存在主義文學的全部真相，以筆者為例，卻是四、五年後的事了。

翼文這篇文章，內容不夠扎實，像十五期的《文藝新潮》一樣，僅限於一般性介紹，沒能清楚指出法國文學界思想鬥爭的實質和本源。同樣的弊端，也可以在第四期（一九五六年八月一日）葉靈鳳的文章〈法國文學的印象〉窺見一斑。

葉靈鳳年輕時和魯迅鬧得很不愉快，與香港文學的淵源極深。一九三六年，穆時英從上海去香港尋妻，葉靈鳳介紹他到了香港找侶倫。[12] 曹聚仁說他博覽群書。[13]〈法國文學的印象〉發表那段時日，應屬葉靈鳳在香港的文學生涯的晚期。以他在香港文壇的資歷和他對法國文學偏愛的表現，沒理由對風起雲湧、直捲歐陸的存在主義文學思潮置若罔聞。

葉靈鳳的文章，提到他嚮往多年的高克多，欽佩拜服的紀德，淵博愛書的法朗士，流放巴黎的喬伊斯，他畢生尊敬的羅曼羅蘭，由喜歡到模仿的馬爾洛等名家，偏偏沒有提到存在主義兩位巨匠薩特和嘉謬。對當年求知若渴的文藝青年來說，想來是不無遺憾的。

第二期發表馬朗中譯薩特的早期短篇小說〈伊樂斯特拉土士〉，令當時的文藝青年對現代小說技巧所表達的領域，眼界大開；對存在主義所提示的人生意義和境界，不禁油然神往。馬朗稱許薩特這篇小說，是「法國存在主義派代表作」。眼界一旦張開，立刻明白存在主義除了作為戰後歐洲哲學界所向披靡的流派外，更是現代主義文學的一「派」。僅僅名詞的介紹，已然震撼文藝青年的心靈，再加上馬朗撰寫的小引，突出薩特的形象：

> 作者薩泰（Jean Paul Sartre）是法國存在主義的宗師，第二次大戰後，紅極一時。一九〇五年生於巴黎，一九二九年畢素於普通師範學校，戰前開始寫作，並在巴黎教授哲學，一九四〇年被俘至法國入戰俘營九月，逃脱後即從事抵抗活動，一九四五年創辦現代雜誌，宣傳存在主義。[14]

馬朗對薩特的介紹，比翼文的片言隻語詳細得多。香港年輕一代的文學愛好者，先受了新名詞的吸引，繼而對薩特的「現代派」好奇。從那時開始，這些文藝青年日夕追求存在主義式的人生態度。特別是最後一期，馬朗親自主演了一齣壓軸好戲，一次過刊登法國存在主義文學開一代先河的經典作〈異客〉。存在主義的人生哲學，不但成為當時香港年輕一代生活理想的基石，甚至像「現代派」所帶來的譏諷揶揄那樣，進一步成為社會上廣泛流行的術語和口頭禪，影響超過三十年。[15]《文藝新潮》所帶來的社會風氣的孕育與增長，是許多人始料不及的。至於馬朗在〈伊樂斯特拉土士〉的小序中，批評「時至今日，薩泰等於已經完了」，未免言之過早。世人未曾替這位存在主義文學大師蓋棺，馬朗已經為他定論，實在有失嚴肅文學工作者的風度。一九五六年，薩特的創作力依然旺盛，他的自傳《話語》（*The Words*），到一九六四年才問世，同年更榮獲諾貝爾文學獎但拒獎。《文藝新潮》來不及為薩特推出得獎專輯，早已無疾而終，「等於已經完了」。恰恰相反，一九八〇年四月十五日，薩特病逝巴黎，舉世震驚，他的畢生功業，才算「已經完了」。

現代主義文學作品推介

除了引入存在主義，《文藝新潮》也給後世留下了另一個出色的貢獻：廣泛引進外國現代主義文學作品。第二期發表的英國現代詩人史提反．史班德（Stephen Spender）原著、雲夫中譯的〈現代主義派運動的消沉〉，具體地傳達了現代主義文學的信念，並且指出運動消沉的真正原因。史班德這篇論文，意外地代表了《文藝新潮》所堅持的香港文學革新的方向。史班德指出的現代主義的兩個目的——一是為了配合社會前進的步伐，思想意識也要無情地現代化，二是對社會及其一切制度，採取敵對的姿態。且不說當時的情況，用今天的尺度衡量，這樣的目的也不一定正確。無情和敵對這一類激進字眼，用在文學詮釋方面算不算恰當？或許來自中譯的差誤，仍有待商榷。

事實卻是這樣，一九五〇年代中的香港文壇，萎靡不振，像一潭死水，毫無半絲生氣，必須注入新的血液和新的養料。現代主義文學運動雖然在西方開始消沉，在當時的香港卻不算姍姍遲來；特別是當香港作家普遍失去了本土意識刻畫的信心，在通俗小説的豔情音調，和「綠背文化」各領風騷的壟斷時刻裏，史班德驚嘆現代主義文學運動的目標，「已經成功的時候就開始消失」了。這樣的觀點也許是悲觀的，但在當時香港文藝青年的心靈中，卻是異常嚮往的，雖則自始至終響應的有心人不多。

對年輕一代的文學愛好者，「現代」是一個充滿刺激的新名詞。馬朗不是擅長文學理論的評論家，卻是善於安排引導的編輯，《文藝新潮》的幾個特輯和特載，精彩出色兼而有之，即使今天的讀者依然印象難忘。例如刻畫性慾本能、技巧別樹一幟的谷崎潤一郎的〈食蓼之蟲〉（第二期），艾略特的長詩〈空洞的人〉（第三期），薩特的短篇小說〈牆〉、梵樂希的〈海濱墓園〉（第四期），英美現代詩特輯上、下（第七、八期），台灣現代派新銳詩人作品兩輯（第九、十二期），橫光利一的文論及其小說〈寢園〉（第十期），意大利現代小說特輯（第十一期），剛才提到的嘉謬的傑作〈異客〉等等，大大刺激了當時的香港文壇，每一個特輯無不遵循〈曠野人聲〉的概念而穩步前進。

遺憾的是，《文藝新潮》向香港文學引進的現代主義，缺乏理論的支持。怎樣才算是現代主義的香港文學？根據上引史班德文章〈現代主義派運動的消沉〉的〈註解〉，大體上不離反傳統、追求新的人生境界、技巧清新這三個條件；只要符合這三個條件的文學作品，就是「現代派」的作品了。單看〈註釋〉所提及的英、美、法、蘇、荷等國的畫家、作家、音樂家、導演等一系列的名字，也基本上能掌握《文藝新潮》所提示的對現代主義的詮釋。

這樣的提示當然不算誤導，但，對現代主義這個新名詞，至少還必須賦以本土色彩的時代氣息。就名詞本身爭論現代主義的含義其實多餘。在配合新思潮、新觀念萌生的過程中寫下來的作品，不必反傳統，技巧上也不必標奇立異；作者若時刻和他生活的時代相呼應，內容上必然呈現嶄新的境界。這樣的文學作品，精神上是現代的；這樣的現代主義，必然走在時代面前；也只有這樣的現代主義，才算是香港文學所盼望的現代主義。

進一步説，詞語的界定也不見得代表作家的現代或不現代。現代主義的奧義，貴在作品自身精神的、內容的、技巧的與別不同。《文藝新潮》的獨到處（也是它的缺陷）是，只負責推薦引進外國現代主義文學作品，讓讀者自行追尋、欣賞和理解。可惜十五期的內容還是不夠，更不是篇篇「現代」。也幸而《文藝新潮》缺乏了推動現代主義文學的理論文章，才留下一個讓年輕的文學愛好者自行追尋、欣賞和理解的裂縫，激發自己對現代主義文學的涉獵和探索，這是《文藝新潮》的貢獻。這條裂縫到六十年代初出現的《香港時報》文學副刊《淺水灣》，同人刊物《新思潮》和《好望角》，才給填補了。這時候，現代主義文學才獲得合理的認識和了解。

詩的豐收和代表作家

《文藝新潮》第三個出色的貢獻是，努力介紹外國現代主義文學作品的同時，還發表了一批戰後香港文學史上最出色的現代詩。概括地説是替香港文學播下了現代詩的種籽，在短短三年時間內，慶幸詩的大豐收，影響延至今日。[16]《文藝新潮》所發表的詩，幾乎每一篇都達到一定的水平，只有徐訏的詩比較不耐讀。徐訏不是詩人，雖然寫過數量甚豐的詩，還出版過詩集，可是他的詩極少詩味，大部分引不起讀者的共鳴或心靈的震撼。在徐訏的詩裏要求自靈魂深處提煉的詩的語言，要求過目難忘的清新的意象，委實難上加難。他喜歡藉詩抒懷心境；但，受了詩才的局限，頂多用詞藻堆砌感情，看似華麗實則空洞無物，以下是最典型的例子：

過去我在茫茫的平地奔跑，
曾立志要登積雪的山頂；
如今在濃霧濁雲的山峰上，
疲倦空虛包圍我唯一的人影。

回望山腰的殘雪上面，
多少人在踏著我的腳印，
驕傲而自得地回顧大地，
像已經步入了燦爛的青雲。

而我前面山坡下的樹林，
裏面浮蕩著黯淡的人影，
他們不斷地回顧山峰，
勉強地走著崎嶇的路徑。

我頓悟到我已在最高峰上，
望見了來處，也看到了前程，
我發現多少路我曾經走錯，
還浪費過多少時間與多少生命。

我見到我無知的驕傲與狂妄；
我輕率與任性的感情；
我怎麼樣相信自己的意志，

而沒有看重人間的命運。

我還為功利的追逐，
疏忽了真正的愛情，
誤信他人歪曲的理論，
虛擲了寶貴的光陰。

但我已無法重渡舊路，
錯誤與悲劇不會在懺悔中重新，
在疲倦空虛的雲霧中，
我細味到我初入中年的心境。[17]

徐訏這首詩，形式上，共分七節，每節四行，各有獨立的內容，當然是詩；對某些初學寫新詩的讀者，或許還是聲韻鏗鏘、唸起來徐疾有致，節拍井然。但，徐訏這首詩只屬順口溜，不算是好詩。比起《文藝新潮》所發表過的其他詩人的詩作，〈中年的心境〉經不起咀嚼。什麼意在言外，不著一字，盡得風流的韻味簡直沒有；而且意象、詞語重複，不惜為韻腳堆砌名詞。細讀一遍，只獲得這樣的結論：浪擲光陰和疏忽愛情，就是徐訏「初入中年」的心境了。

同樣形式工整，同樣抒懷心境，另一位詩人的作品，無論段落的上承起合或意象的運用，都比這首〈中年的心境〉優勝許多：

我是天邊眉月，斜照塵寰

斜照夜夜細訴愛情的小溪
斜照經年歷雪幽邈的青楓
更遠照大澳你夢裏的深閨

我是痴雲一片，投影人間
投影炊煙繚繞莫靄的山村
投影杜鵑聲裏亂紅的荒徑
因為多少歲月你獨自留連

如今我是你淚滿的雙眸
情人的臉上滴落透明的往事
就輕吻其中一顆吧，若你願
為我保留脈脈無言的一句

那麼無負當年一往，也無負
這個人生我們所常遇的悲愴
離合同時到來！而淒息一個地方
等待，等待因果的今世？來生[18]

這首詩的作者杜紅，是香港詩壇上最具個人風格的現代詩人蔡炎培，一九五〇年代寫詩常用的筆名。近年除了為《文匯報》副刊撰寫專欄「碎影」，極少再用這個筆名寫詩。我無意因為他是我的老朋友而多説頌揚的話，蔡炎培的確是一位天生的詩人，詩的語言淺白，組字奇特而效果驚人。五十年代初開始寫詩，詩風受何其芳、卞之琳、吳興華的影響極深。這裏不擬評論蔡炎培的詩作，他之所以被稱為是「一個令你知道悲情為何物、卻教你無從下判語的詩人」，[19] 因為他本身正是悲情人物。

蔡炎培在這首詩裏兩用斜照、投影、無負和等待，喋喋不休，不但毫無煩厭納悶的感覺，反而帶來痴情苦戀的哀傷。即使今生的愛情，留待來生才能兑現，心境仍是痴情一片；既沒有矯柔造作，也沒有詞語堆砌。

《文藝新潮》的小說

馬朗在總結《文藝新潮》的十五期成績時「肯定詩作一直比較是我們最有收穫的一環」[20]，倒不失為中肯的結論。毫無疑問，由於個人興趣的轉變，我們現在很難讀到、也很難期望崑南再寫出像五十年代的絕唱〈賣夢的人〉[21] 那一類的優秀作品了。五十年代以後，長詩的作者也寥寥可數。現在我們提到五十年代第一批香港優秀現代詩人，他的名字往往和馬朗、貝娜苔、王無邪、葉維廉並列。

《文藝新潮》的詩豐收，並不意味小說毫不足觀，第五期起效力的李維陵，是五十年代香港文壇陌生的名字，但在戰後香港文學史上，則是一位不容忽略的作家。我常常弄不清他的本名是李國榮抑或李國樑。他是畫家出身，一九五〇年代初，常在羅夢冊主編的《主流》雜誌發表詩文。李維陵最重要的小說〈魔道〉在《文藝新潮》第五期發表後，轟動一時，馬朗稱在「推動新的浪潮」中，「起作用最大的是李維陵。一九五六年的時候，李維陵固然忠誠地擁護文藝新潮的運動，以後這廿餘年來，他也一樣忠誠地宣揚《文藝新潮》的意義。」[22]

李維陵強調：

> 文學藝術的本質，是生命的主觀透視與客觀體驗，通過印象、構想、和材料媒介而凝鑄成的具體複製產物。其表現型式，一方面在傳達生命的美與燃燒著的靈魂的價值；一方面在深入了時代精神與社會意態最深處，提昇了那一歷史時空的情緒內容和思想真實。故從記錄、表達與啟示的任務看，文學藝術的型式，和精神生活的內在型式及社會生活的外在型式，是有其完全密切的聯繫的。[23]

〈魔道〉符合作者所強調的文學藝術本質的要求，通過小說作者對一位以殺人為職業——戰前當兵、戰後執行清算——的魔性人物的身世，我們看到人格和道德早已缺乏傳統的意義，社會的約制力也開始破產。

如果人的生存僅為證明自身的存在，〈魔道〉的主角完全是寄生蟲，他靠救命恩人也同時是世伯的供養而得以過活，最後卻將恩人的妻子——老而醜但長了一對豐滿乳房的女人——佔有了，還將恩人毆打。雖然他最後帶著懊悔的心情離去，但從此失蹤，小說沒有交代主角離去以後的結果。整篇小說的魔性言行逼人而來，社會的疏離與人間的隔膜，形成小說的荒謬意識。主角自覺已失去了生存的意義，它帶來的戰慄感，恰好是主角非理性、非道德的思想和行為。從這一點評論，〈魔道〉是第一篇受存在主義哲學影響的出色的香港短篇小說。另一點也不妨一提，李維陵的小說，或多或少傾向哲學性的詮釋，像他那樣的香港作家，到目前為止仍屬少數。

筆者獨取李維陵為例，沒有任何厚此薄彼的居心，比起《文藝新潮》所發表過的其餘的創作小說，他的短篇是較為突出的。至於第三期的〈三十年來中國最佳短篇小說選〉選收了馬朗個人向讀者推薦的五篇中國三十年來最佳短篇小說，論內容的充實和讀者的反應，比不上其他特輯。從一九二六年到一九五六年漫長的三十年，中國文壇上的短篇小說碩果纍纍，這個選輯只算差強人意。馬朗在該期〈選輯的話〉裏說，「這五篇只是我們所能找到的一部分」。「我們」或許還有其他選輯委員，總其事的相信是馬朗自己，滄海遺珠自然難免，因此，目光仍然狹窄。意外的是《文藝新潮》發表的部分創作小說，一九五八年四月由中國文化協會輯錄成冊[24]在香港出版。集中選錄的六篇小說除台灣的高陽外，其餘五位全屬香港作者，是五十年代出現的頗具文學價值的香港短篇小說選集。

結論：《文藝新潮》的價值

綜合以上各節分析，我們可以肯定，《文藝新潮》是推動香港現代主義文學的功臣。在適當的社會條件下，替消沉的香港文壇，提供一個繁榮文學可行的方向，引起了年輕一代對存在主義文學思潮的好奇，介紹了一批前衛的香港、台灣和歐美現代詩，發表過第一篇受存在主義哲學影響的香港短篇小說。後來的論者更明確表示，《文藝新潮》影響過台灣文壇，手抄本一度在台灣文學界的小圈子裏流行。[25]六十年代初出現的文學刊物例如《新思潮》、《好望角》以至台灣的《筆滙》，受過《文藝新潮》直接的啟發和刺激。但，它對現代主義文學的闡釋失諸含糊；即使我們同意「它是當代人類對於現實制度的不滿與對於理想社會的要求。文學藝術，祇要能認清這一意志的趨向並提供積極的鼓舞，便可能有新的開拓了。」[26] 這或許很不錯，但在五十年代傳統的頑固勢力牢不可破的香港社會裏，新的開拓談何容易，不過是作家的個人理想，《文藝新潮》的力量，畢竟是微不足道的，因而社會冷待「現代派」。到六十年代末、七十年代初，「現代派」依然是社會上廣泛流行的貶語。

從歷史的角度看，《文藝新潮》實際上具備了充分的條件，形成一個香港現代主義文學運動，可惜曇花一現，到六十年代以後，才看到它所帶來的具體的影響。馬朗雖然高叫人類靈魂工程師，歸到旗下來，但附和不多，反應冷淡。《文藝新潮》十五期踏過的腳印，也和馬朗本人一樣，心力交疲，最後無疾而終。因此現在重溫五十年代香港現代主義文學這一頁，唯一值得後世懷念的，仍只是廣泛介紹外國現代主義文學作品這一點。表面上不是同人刊物，由於反應並不熱烈，其實也是小圈子的同人刊物。我們給它的合理公正的評價，嚴格說，也只有這點而已。

一九八八年七月十八日初稿；七月廿九至卅日三次修改
七月卅一至八月一日抄正於溫哥華楓葉書齋

刊於《香港文學》第四十九期，一九八九年一月五日

註釋：

1 刊一九八四年八月廿二日《星島晚報》文藝週刊〈大會堂〉。全文後來收入梅子、易明善合編的《劉以鬯研究專集》(成都，四川大學出版社，一九八七）頁九二。

2 馬博良〈「文藝新潮」雜誌的回顧〉，香港《文藝》季刊第七期頁九二。

3 見前註。

4 據《新約全書》〈四福音〉的記載，耶穌傳教之前，上帝差遣施洗約翰作他的開路先鋒，在曠野高呼「預備主的道，修直他的路」，是為〈曠野人聲〉。

5 「綠背文化」指美國在五十年代向香港提供的經濟援助，這裏特別轉引劉以鬯的妙語。他認為，五十年代「美國對香港提供的經濟援助，使香港文學因塗上過濃的政治色彩而改變面貌。」詳見劉以鬯〈五十年代初期的香港文學——一九八五年四月廿七日在「香港文學研討會」上的發言〉，《香港文學》第六期。

6、7、8、9同註2。

10 就我當時所接觸到的報刊回憶，翼文這篇文，相信是香港作者中首先提及存在主義這名詞的第一人。第一位系統地介紹存在主義哲學思潮的香港學者則是勞思光，他根據英國學人 F. H. Heinemonn 一九五二年在倫敦初版的 ***Existentialism &The Modern Predicament*** 編寫的《存在主義哲學》，遲至一九五九年二月才由亞洲出版社推出面世，沿用存在主義這個譯名，距《文藝新潮》創刊已將近三年了。

勞思光這本《存在主義哲學》，寫來詞不達意，內容晦澀難讀。他在〈前言〉中說，「但在中國似乎還很少有人對存在主義作介紹評論。我所知的，只是唐君毅先生與牟宗三先生曾分別有專文論述此派哲學」。這說法不正確。第一位介紹存在主義哲學思潮的中國學者是張嘉謀寫編譯《生存哲學》一書，一九四一年十二月由商務印書館出版。

11 這三個問題，到今天重溫一遍仍有餘味，因不屬本文範圍，不贅。有關存在主義文學運動，結集成書的英文著作為數不多，從薩特的自傳、日記埋首，自是理想不過。下列四本值得一讀：

1 *Adieux: A Farewell To Sartre* by Simon de Beauvoir, Translated by Patrick O' Brian, Penguin Books Ltd., England, 1982.

2 *Saint-Germain-Des-Pres* by Paul, Webster & Nicholos Powell, Constable & Co. Ltd, London, 1984.

3 *Life/Situation: Essays Written And Spoken* by Jeon-Paul Sartre, translated by Paul Auster and Lydia Davis, Pantheon Books, New York, 1977.

4 *Sartre* by Maurice Granston, Oliver And Boyd, London, 1962.

12 侶倫《向水屋筆語》(香港，三聯書店，一八五年七月)〈穆時英在香港〉頁一一四。

13 劉以鬯《看樹看林》(香港，書畫屋圖書公司，一九八二年四月)〈記葉靈鳳〉頁六六。

14 《文藝新潮》第二期。

15 高宣揚《存在主義概説》(香港，天地圖書限公司，一九八六年)〈前言〉頁七。作者在〈前言〉中説，一九七八年他碰到一名愁眉不展的青年，「從這位青年朋友身上，看到了存在主義思潮在香港一部分青年的心靈中所投射的陰影的某些側面。」

16 也斯〈從緬懷的聲音裏逐漸響現了現代的聲音(序)〉，詳見馬博良《焚琴的浪子》序言(香港，素葉出版社，一九八二年六月)，作者談到《文藝新潮》的影響，有以下一段：「我後來七五年主持中大校外課程部的『三十年來香港文學』課程和稍後參加港大的『三十年來香港文學』的講座，再把《文藝新潮》……上一些好作品影印傳閱，目的不在懷舊，而是想回頭尋根覓源，覺得過去的好作品，目前仍有值得借鏡的地方。」也斯所謂的好作品，包括崑南、葉維廉在該刊發表的詩〈賣夢的人〉、〈悲愴交響樂〉、〈我們只期待月落的時份〉。

17 徐訏〈夜窗詩鈔四章〉、〈中年的心境〉，《文藝新潮》第二期。

18 杜紅〈安魂曲外一章〉，《文藝新潮》第十期。

19 陳昌敏〈詞國羅漢——記蔡炎培〉，《文藝》第十一期。

20 〈編輯後記〉，《文藝新潮》第十一期。

21 《文藝新潮》第五期。

22 同註 2。

23 李維陵〈文藝斷想〉，《文藝新潮》第十二期。

24 這本短篇小説選集，書名《獵及其他》，一九五八年四月由文光書局出版，選收以下六篇在《文藝新潮》發表過的短篇小説：高陽〈獵〉，盧因〈私生子〉，波臣〈風〉，齊桓〈擺渡〉、李維陵〈兩夫婦〉，馬朗〈雪落在中國的原野上〉。

25 同註 2。

26 李維陵〈現代人．現代生活．現代文藝〉，《文藝新潮》第七期。

《文藝新潮》創刊號

《文藝新潮》扉頁

我和《筆匯》一段情
——兼記劉國松、瘂弦、張默的書信往還

一九五九年五月四日，台灣《筆匯》月刊革新號推出面世，距離香港《文藝新潮》停刊，時間上恰巧三天。「五四」是中國新文學誕生的重要日子，《筆匯》革新號隆重推出，配合中國新文學革新的歷史紀元，說是巧合未嘗不可，說是特意安排也不是沒有理由。那時候，我家住九龍旺角砵蘭街，轉往登打士街，彌敦道近在眼前。專門代售台灣書刊的正中書局，就設在登打士街／彌敦道附近，我常常去那兒揩油，翻覽群籍不費分文。書局職員和我一向相安無異，河水井水分明，放下書冊頂多瞅我兩眼，我也側頭溜之大吉，完全沒臉紅的感覺。

一天，正手捧書籍神遊萬里，一名大漢忽然跑過來，拍拍我的肩頭，操一口毫不純正的廣東話的「上海佬」口音（五十年代香港人對所有南下香港居住的外省人通稱）大聲道：「你日日嚟剃鬚（睇書），一個斗鍊（零）都慳眉（埋），典（點）得㗎？」正是驚魂甫定，幾乎五臟六腑都給嚇碎了。只好裝作鎮定，陪笑回答道：「你這兒的書那麼昂貴，我怎麼買得起？」眼前這名「上海佬」，俗稱「撈鬆」，也哈哈笑道：「好呀，懶（兩）蚊依品（一本）嘅鬚（書）你唔買，而家未發市，典兜（點都）要買依品五侯（毫）嘅！」這下子，除了讓他發市，

看形勢很難跑出門外。翻看的剛好是《筆匯》革新號第一卷第五期。我習慣每本書買回來後，一律寫上購買日期，所以事到如今翻看自知。既給人逼著發市，只好隨便花五角錢脱身。我和《筆匯》的淵源，就是這麼開始的。

《筆匯》的發行人任卓宣，是五十年代台灣著名政論家。我後來獲得劉國松寄來《筆匯》革新號第一卷合訂本，才拜讀他刊在第一期紀念五四運動四十周年的長文，講了不少讚揚陳獨秀的真心話。那時候，我因為在劉以鬯先生主編的《香港時報》文學副刊《淺水灣》寫稿，藉著這項文學因緣，又和「創世紀詩社」的張默通訊。後來更因為和崑南、王無邪組織「現代文學美術協會」，透過這個關係，和劉國松書信往還頻密。更由於劉國松的介紹，和王慶麟（瘂弦）結下文字交。他寫給我的信，積起來約四五寸高。

據我的了解，劉國松和《筆匯》關係相當密切。陳映真用許南村的筆名寫小説，記憶中好像是他向我「告密」，一再叮嚀不宜外洩。我定居加拿大以後，擲筆近十年。一九八三年重新握管，放眼張看，天下盡知許南村就是陳映真，才驚覺自己保密何用，陳映真早已憑〈將軍族〉揚名世界了。乾坤天地變，五〇年代末，六〇年代初，劉國松和我，簡直稱兄道弟。廿幾年間世事像人來車往，實在難以捉摸。

一望而知，《筆匯》革新號從封面到內容，處處受《文藝新潮》影響。引進現代主義文學先在香港發軔，台灣繼而遭受衝擊。論者常説五十年代中，香港文學受台灣影響，只是一知半解的結論。且不説《筆匯》革新號第一卷第一期的出版月日，後於《文藝新潮》壽終號；單説劉國松、尉天聰等台灣文壇君子受《文藝新潮》潛移默化，也是很自然的。

可惜《筆匯》革新號出版到第十二期，也步《文藝新潮》後塵，遽歸道山去了，那是一九六〇年四月廿七日的事。何以遽歸道山？劉國松的來信，好像表示過是經濟的原因。因時日相隔太遠，加以信件失存，現已不復記憶。大約過了幾個月，再收到他寄來的幾本《筆匯》革新號第二卷第一期，出版日期是一九六〇年八月一日。這一期的《筆匯》，恍若經過火浴的鳳凰，開始自己獨立的面目；擺脱了《文藝新潮》的影子，發行人換了吳裕民。仍由尉天聰、許國衡主編，陳映真仍用許南村筆名寫小説，劉大任和鄭愁予、辛鬱一起寫詩，秦松搞木刻，發表香港作家的文章，葉珊還未變成楊牧。每月定期出版但不按時，革新號第二卷第一期八月一日與讀者見面，第六期則拖延至一九六一年一月五日才問世。

第六期以後，我沒再收到劉國松寄來的《筆匯》，書信反而繼續無間，似乎也透露過《筆匯》經濟再次不穩和人事變動的消息。一九七三年冬我移居加拿大，寄運藏書十大箱，失去珍本書籍最多的一箱，是我到目前為止最心痛的「大損」，迄今元氣未復。現在找來找去，再也尋不到革新號第二卷第七期。封面好像紫白二色，正中加七條又直又斜的粗黑線。大概自這一期開始，《筆匯》第三次革新，封面和第二次革新（第二卷第一期至第六期）截然不同。這一期肯定連同那箱珍本書一併失去了，因此無法對證。清楚記得的是，劉國松忽然來信説，《筆匯》重整旗鼓，發行人再由任卓宣擔任。為了向海外推銷，打出一條血路，《筆匯》同寅盼望我當海外代理人，定價每本港幣六角。先用平郵寄來五十本，郵費由《筆匯》負責，如果反應好再多寄。我當時毫不考慮答應，只覺得這是好事，經歷兩次革新終於找到自己的風格和面貌，畢竟值得高興。信收到後，馬上空郵回覆，並同意在封底印上我的姓名地址；因此，我所收藏的《筆匯》革新號第二卷僅有的五冊（第八期兩本，第九期兩本，第十一期、十二期合刊一本），封底全部印上我的姓名和地址。如果從第七期起革新，應當也印上代理人的姓名、地址，第十期也肯定不會漏掉。第十一、十二期合刊，證明銷路不振，我這個海外代理人未盡全力，所以那一期海外代理人的姓名歸縮一隅。既然兩期合刊，港幣售價也增倍，每本一元二角。

我每次拿到《筆匯》，親自送去報攤，請求報攤主人代為寄售。旺角彌敦道瓊華、龍鳳兩家酒家門前的報攤是「大客」，各取去五本寄售，其餘四十本，一部分交給正中書局「陪襯」，另一部分則分送旺角的報攤，代售的範圍也僅限旺角。

事隔一年，先前正中書局那位「撈鬆」，知道我閒來寫寫文章，現在又搞發行，竟以嘲諷的口吻說：「撈起啦！冇錢收㗎！」我真的沒向報攤、書局收過一分錢。瓊華、龍鳳兩家酒樓的報攤，似乎每期也賣了兩本。下次交刊收數，報攤伙記不是推說老細不在，就是說三幾毫太零碎，下次再收啦，這麼一「啦」再也沒了下文。

至於每期留下來賣不出去的，報攤主人堅決要我拿走。又說沒人買以後不受理！氣為之先結後洩，只好拿回家任由朋友取閱。《筆匯》同寅可能世事洞明，人情又練達，從沒寫信來跟我結數。尉天聰只負責主編，沒通知我誰是管賬的。也有幾家「大客」例如上海街的品心、雲來、得如等酒家，報攤老闆大開方便之門。每期答應試售兩本，但，沒一期賣過。一連三期六本放在琳瑯滿目的報刊堆，毫不顯眼，總是給其他刊物掩蓋一半，只看見《匯》字。跟他據理力爭，老闆轉過臉來發脾氣，以後再不敢爭辯，連書也沒收回。因此，很大一部分我代理的《筆匯》，是在報攤老闆的手裏流失的。現在碩果僅存的幾冊，彌足珍貴，決定不外借，藏諸木架，與楓葉書齋共榮辱共存亡。一九六一年十一月二十日《筆匯》第二卷第十一、十二期合刊號面世以後，沒有繼續下去，顯然是無法再出版了。一九六五年後，劉國松逐漸疏於通問，偶有手書，也沒解釋《筆匯》壽終真相，王慶麟更提不起興趣擲函賜教。一九七三年，開始我的自我放逐式的北美生活。十五年裏先前和我通過信、贈過書的台灣同行，一一成了名作家、名畫家。劉國松可能更不知我身在加拿大，又怎能要求王慶麟、楊牧對別人說，他和我通過信贈過書呢？

一九八九年一月七晚燈下溫哥華

刊於《香港文學》第五十一期，一九八九年三月五日

《筆匯》革新號第一卷第一期

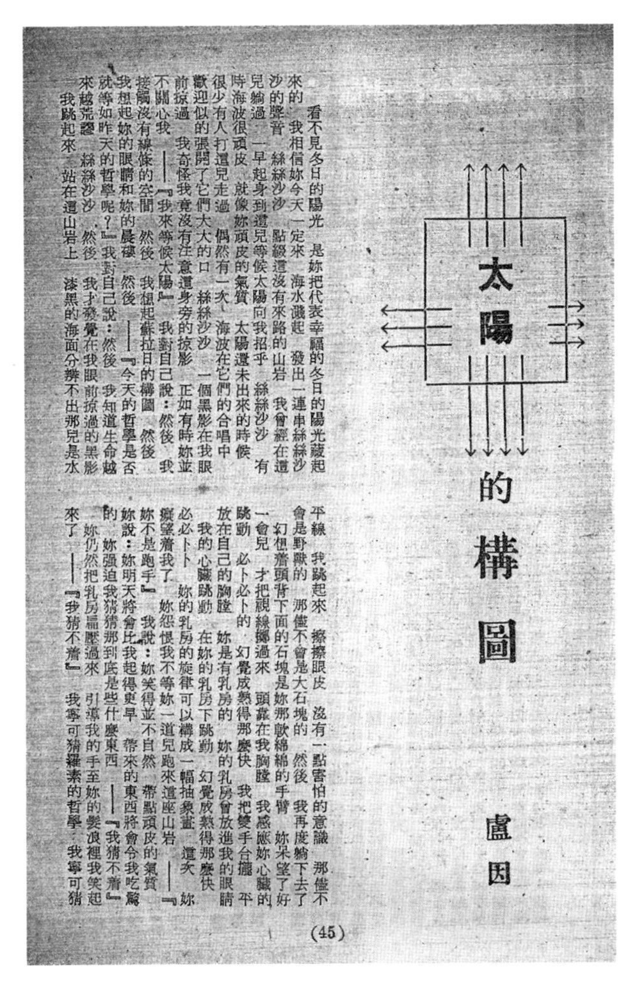

太陽的構圖

盧因

看不見冬日的陽光 是妳把代表幸福的冬日的陽光藏起來的 我相信妳今天一定來 海水濺起 發出一連串絲絲沙沙的聲音 絲絲沙沙 點綴這沒有來路的山岩 我曾經在這兒躺過 一早起身到這兒等候太陽向我招手 絲絲沙沙 有時海波很頑皮 就像妳頑皮的氣質 太陽還未出來的時候很少有人打這兒走過 偶然有一次 海波在它們的合唱中歡迎似的張開了它們大大的口 絲絲沙沙 一個黑影在我眼前掠過 我奇怪我竟沒有注意這身旁的掠影 正如有時妳並不關心我 ——『我來等候太陽』 我對自己說：然後 我接觸沒有線條的空間 然後 我想起蘇拉日的構圖 然後我想起妳的眼睛和妳的晨褸 然後 ——『今天的哲學是否就等如昨天的哲學呢？』我對自己說：然後 我知道生命越來越荒謬 絲絲沙沙 然後 我才發覺在我眼前掠過的黑影

我跳起來 站在這山岩上 漆黑的海面分辨不出那兒是水平線 我跳起來 擦擦眼皮 沒有一點害怕的意識 那僅不會是野獸的 那僅不會是大石塊的 然後 我再度躺下去了 幻想着頭背下面的石塊是妳那軟綿綿的手臂 妳呆望了好一會兒 才把視線擲過來 頭靠在我胸膛 我感應妳心臟的跳動 必卜必卜的 幻覺成熱得那麼快 我把雙手合攏 平放在自己的胸膛 妳是有乳房的 妳的乳房會放進我的眼睛 我的心臟跳動 在妳的乳房下跳動 幻覺成熱得那麼快 必必卜卜 妳的乳房的旋律可以構成一幅抽象畫 這次 妳凝望着我了 妳怨恨我不等妳一道兒跑來這座山岩 ——『妳不是跑手』 我說：妳笑得並不自然 帶點頑皮的氣質 妳說：妳明天將會比我起得更早 帶來的東西將會令我吃驚的 妳強迫我猜猜那到底是些什麼東西 ——『我猜不着』 妳仍然把乳房扁壓過來 引導我的手至妳的髮浪裡我笑起來了 ——『我猜不着』 我寧可猜羅素的哲學 我寧可猜

(45)

盧因小說〈太陽的構圖〉在《筆匯》刊出

閒時散讀馮亦代
——大器晚成悼馮老

上網讀新聞，得知馮亦代已於二月二十三日下午二時左右，在北大醫院因長期患腦血栓塞頑疾，屢醫妄效與世長辭，終壽九十二歲。據《中國文學家辭典（現代第二分冊）》（文化資料供應社一九八〇年九月版）記載，馮亦代一九一三年十一月十三日生，足齡實則九十一歲。黃苗子夫人郁風說，馮老生時腦血栓塞痼疾前後九次復發，神志常處昏迷狀態。不知這家北大醫院是否北京大學附屬醫院？即在北美一流醫院，醫療設備先進，九次受腦血栓塞嚴重影響，也未必搶救有術。大限一到誰都阻止不了。一九九三年，馮亦代八十高齡續絃，娶年紀相差十二歲名演員黃宗英，共結老夫老妻，成為當年文壇佳話。妹夫黃宗江稱，他這位馮二哥「浪漫可愛」，可見馮老當是樂觀豁達、開朗爽快的性情中人。

初識馮亦代大名，記憶所及已是一九五五年左右封塵舊事了。那時我偶然購獲馬彥祥譯海明威小說《在我們的時代裏》（上海晨光出版公司，一九四九年三月初版），為晨光世界文學叢書已出十八種中一冊，書末詳列十八種名著。所謂世界文學其實是美國文學，榜首即馮亦代譯、美國文學評論家、著名編輯 Alfred Kazin 一九四二年名著 *On Native Grounds*。馮譯上下兩冊，改名《現代美國文藝思潮》。可惜我始終無緣讀到這套馮譯名作，他的文章還是後來零星拜讀的。既無具體涉獵，也缺廣泛研究，但留下了深刻印象，因此只算散讀。另一段訃告式網上新聞（訪問黃宗江「開場白」）這麼說，「馮先生對當今讀書界、尤其是西方文藝研究的貢獻和影響之巨少有人能望其項背。」或許出於作者對馮亦代景仰與敬重而過溢其詞，倒是無可厚非。所謂「貢獻和影響之巨」，大抵是指馮譯這本兩冊傑作。時維戰後初年國共內戰末期，馮老這套翻譯，無異中國文壇一曲異音。貢獻與影響的確無庸置疑，至若巨或細則屬見仁見智的私見了。

馮老一九三六年滬江大學工商管理系輔修英語，畢業後入中國保險公司工作。一九三八年春去香港，客居中國銀行宿舍。馮亦代在一九八四年九月號《讀書》月刊（總六十六期）發表〈記讀書會〉，追記當年在港寄寓生活頗詳：「同年的夏天，我參加了香港《星報》的工作；這是個兼職，本職則是國民黨中央信託局購料處的辦事員。」初涉新聞事工，顯然未及文學翻譯。《星報》社長羅吟圃為國民黨要員，專責主筆社論。《時事晚報》是當日左派報紙，因國共合作抗日，表面無分左右。馮亦代對喬冠華以筆名喬木發表、縱論國際局勢及抗戰形勢「大文章」著迷已久，心下極願「一識韓荊州」。偶與羅吟圃談起，原來兩人俱是昔時留德熟友，請羅吟圃介紹與喬冠華認識。遂在告羅士打酒店「聰明人」咖啡館相敘。馮亦代說：「那時我在香港文化界也有些少名氣了，可是他全不理會這些。」喬冠華長袖善舞，大概無意冷落，畢竟仍視二十五歲小子為小輩。

當年香港文化界，文人左右逢源彼此不以為怪，但實情是否果如馮老所說，在文化界已有些少名氣呢？我看未必如此。盧瑋鑾著《香港文縱——內地作家南來及其文化活動》（華漢文化事業公司，一九八七年十月初版），收入〈中華全國文藝界抗敵協會香港分會（一九三八——一九四一）組織及活動〉（以下簡稱「文協分會」）長文，記述當年留港左派文人活動情況極詳。「文協分會」一九三九年三月二十六日成立，到一九四一年十二月香港淪陷才停止活動。馮亦代一九三八年春抵港，同年夏進入《星報》工作。未及一載已在香港文化界薄有名氣並非不可能，不過，首屆理事九人未見馮老大名。名氣比他大的端木蕻良，亦不外候補理事。但以工商管理及保險界專業知識和技能，與許地山、簡又文等六人，並列為「經濟委員」，又兼及「文化服務部」與袁水拍同進退。馮老前妻鄭安娜為滬江大學英文劇社成員，他後來講到和鄭婚緣也沾沾自喜，說和一個英文天才結婚，不搞翻譯才怪。至於受誰慫恿？何時開始投身翻譯？看來都始自認識戴望舒結下文緣後。

據上引網文透露，馮亦代一九三八年「偶識」戴望舒。詩人坦誠對他說：「你的散文還可以，譯文也可以，你該把海明威那篇小說（指《第五縱隊》）譯完。不過，你成不了詩人，你的散文倒有些詩意。」戴望舒不幸言中。筆者雖云散讀，並且讀的全是二十四年前，在《讀書》月刊上發表的書話一類閒文散章。也不妨蓋棺論定，馮文平鋪直敘而多見理少現情。戴望舒在這裏說錯了，《第五縱隊》其實是劇本不是小說，收入海明威一九三八年出版 *The Fifth Column and the First Forty-Nine Stories*。馮譯《第五縱隊》我也未讀過，譯筆如何自是無從說起。馮亦代七十年代重譯，連同四十九篇小說一併改題《第五縱隊及其他》出版。他在〈《第五縱隊及其他》重譯後記〉(《讀書》月刊一九八二年十月號總四十三期）一文中，沒提到何以重譯，只輕輕說：「這本集子裏的故事，雖已早成陳跡，但海明威畢竟反映了當年西班牙人民為保衛民主傳統而流盡鮮血的史實，對我們今日社會主義的鬥爭事業，也還有可以借鑒的地方，因此我還是加以重譯出版。」

七十年代後期到八十年代末，意外讀到馮亦代零章散篇為數頗多，不禁驚為緣份，於是重新整理組合，五十年代中斷續聽到的馮亦代蒙太奇，逐漸浮現腦海來了。有了這腦際組合蒙太奇，忽然聽到死訊；無限感觸之餘，撰文追悼也就很自然了。解放前馮亦代籍籍無名，即使憑《現代美國文藝思潮》踏足文壇，豐收碩果別人難望其項背，實際是少人認知。學者徐城北認為，馮亦代是後發後至的譯文大家，直到上世紀七十年代才突然發力。這番高論筆者頗有同感。除了譯文大家桂冠仍稍保留拙見外，書話文章自有個人白描清淡風格，委實值得推崇。說到自上世紀七十年代中，到九十年初持之以恆，散發人生異采；直臻創作至高境界，堪與汪曾祺相輝映互媲美，確是蓋棺以後的至理論定。馮亦代身殘心未殘，縱以殘軀直奔天國，未去的後輩徒然嘆息似屬多餘。我只記著一個名字馮亦代，因為經常引起我對老驥伏櫪的信念與好奇。

〇五年二月二十八日楓葉書屋脫稿

刊於《文學世紀》總第四十九期，二〇〇五年四月

馮亦代與第二任妻子黃宗英

馮亦代的《龍套集》

與瘂弦論交四十七年

與瘂弦論交四十七年？這題目，一看再看不禁訝然失笑吃驚，也自惴太不自量力攀瘂附弦了。巴結奉承香港俗俚謂「擦鞋」，老土說法為「托大腳」。瘂弦者誰？雖然來了加拿大，月前仍加台兩邊走。一天巧遇文學場合，問何日返台？他望我一眼輕聲微笑應道：不回去了準備長居下去了。聽說長居治病養身，但我沒有問他。

容我先為「擦鞋」避嫌辯護：反觀自己碌碌塵世而一事無成，獨處楓葉國西岸一隅卅四載；一九九五年提前退休後，日中唯煮詩文自娛。不慕名利，與世無爭倒也做到；能朝夕聽拍岸濤聲，自是最為欽羡。四十七年煙雲過眼，糊裏糊塗記憶中，仍能確定是上世紀六十年代初某年某月某日，透過畫家劉國松介紹，開始和他互通音問的。

彼此魚雁往返寫過大約二十幾封信後，忽然那麼一天，好像大家不約而同，都厭倦了這樣的書來信去，沒再繼續通訊。他那時的腦裏可能和我一樣，對香港那邊這位文學同道的印象，逐漸開始淡化卻不算淡忘。一九七〇年夏季，偶然買到一冊《幼獅文藝》一九七〇年五月號（總一九七期），扉頁列名「主編瘂弦」，原來早已榮任總編輯。不清楚他是從哪一期開始接替的，我珍藏的最早一本為一六一期（一九六七年五月號），主編名叫朱橋。一九六八年一八〇期（十二月號），則由「編輯委員會編輯部」具名主編。這是我們斷了通訊後第一次知道他行蹤。

來加十二年後（一九八五）的夏天，我一家四口初回香港探親訪友，收到早忘記了不知是誰送給我的這麼一份禮物：《台灣與海外華人作家小傳》（福建人民出版社，一九八三年九月初版）。異常好奇地先查查有沒有瘂弦小傳，不但有而且相當詳細。試看傳內以下一段所記，頗能正確分析瘂弦早期與後期的詩觀截然殊異：

「瘂弦早期和後期的詩風與詩歌理論有很大的發展變化。他在早期認為『所謂大眾化云云只是一個膚淺的方程式，詩人在此一問題上的納悶是多餘的。不必對讀者存太多的顧慮，你盡量向前跑，他仍會追得上你，今天追不上，明天會追得上。』」。到了後期，上引《小傳》編者王晉民、鄺白曼繼而指出，瘂弦認為：「決定一首詩的產生的因素，在於內容的情感經驗的變化，而不在於形式的語言文字的流動；永遠是內在的藝術要求決定著遣詞造句，而非用遣詞用（造）句決定著內在的藝術要求。」（第一七一頁）

儘管較少機會讀到他近期的詩，就筆者個人閱讀心得，我更喜歡他早期的佳作。一九五九年十一月，《苦苓林的一夜》由香港國際圖書公司出版。據《創世紀》詩刊第十四期一九六〇年二月號封底內頁廣告所述，內收作者長短詩作卅二首，是瘂弦第一本詩集，也是香港與台灣前衛文學書冊出版第一聲。可是書運抵台灣後，卻變了《瘂弦詩抄》，黎明文化事業股份有限公司出版的《瘂弦自選集》一九七七年十月第二頁〈年表〉，也這樣肯定。會不會詩集封面除了「苦苓林的一夜」字樣，還加上「瘂弦詩抄」四字？因而書抵台後，為了節省方便，推廣宣傳卻捨前者而取後者？起碼我是這麼揣測的。

《苦苓林的一夜》出版後不久，我看到報刊上的宣傳廣告，規模當然沒今天那樣排山倒海，並且很快便沉寂了。跑去書店買了一冊，說如獲至寶或許違心，看看台灣的現代詩是不是比我們香港的優勝、值不值得借鑒才是初衷。因此說起來，我和台灣現代詩人結緣，始自一九五九年。這本詩集雖已失去多時，但至今仍讚賞收在詩集裏、瘂弦早期的代表作〈巴黎〉，仍可以隨時朗誦首節：

你唇間軟軟的絲絨鞋
踐踏過我的眼睛。在黃昏，黃昏六點鐘
當一顆殞星把我擊昏，巴黎便進入
一個猥褻的屬於床笫的年代

記憶中，讀完了瘂弦這本詩集後，對〈巴黎〉一詩印象特深，於是急不及待寫了一篇長文：〈釋瘂弦的一首現代詩：〈巴黎〉〉，刊劉以鬯主編一九六〇年十一月十八日、《香港時報》文學副刊「淺水灣」，筆名張學玄。近數年中先後重讀不下兩三次，每次讀後無不臉紅耳赤，結論是全文膚淺輕率。五十年代的巴黎除了夜總會，還有不少東西值得稱頌。這篇思想理念不成熟，視野界域也不全面；勉強可算釋其然，卻釋不出其所以然的所謂釋文；與其說對〈巴黎〉擊節讚賞，不如說衝動好勝，自以為已掌握詮釋現代詩的竅門了。為什麼不多讀幾本書，起碼也多讀幾篇龐德一類名家的文章才執筆？此刻連串追問，也無法挽回定局。

但我不會為寫過這麼一篇不成熟的釋文後悔。原因很簡單，證諸今日實況，又何以見得現在寫的文章，比四十七年前寫的更成熟？不外文字調度比前稍覺老練而已。如今回首以往，事過情遷幾十年，仍耿耿於懷，那時候卻是滿心欣喜。一天忽然收到空郵寄來的《創世紀》詩刊第十六期（一九六一年一月），全文轉載〈釋瘂弦的一首現代詩：〈巴黎〉〉。據我所知，這是港台早期前衛文學第二次相互交流，距今已過四十七年。

其實就個人觀點言，幾首以世界名都嵌題的詩如〈那不勒斯〉、〈芝加哥〉、〈倫敦〉（詳見上引《瘂弦自選集》卷四「斷柱集」，第七九至九九頁），無論意境意象或語言音韻種種表述，均不亞於〈巴黎〉，詩的格調也與〈巴黎〉符節相合，試舉〈倫敦〉第六節為例：

> 這是夜，在泰晤士河下游
> 你唇間的刺蘼花猶埋怨於膽怯的採摘
> 乞丐在廊下，星星在天外
> 菊在窗口，劍在古代

這一節與第二節回應，詩的「故事」是「主角」與戀人 Virginia（弗琴尼亞）情敘，瘂弦再用唇間舌頭入詩；但變了有刺的川芎花（蘼），「茶色的雙乳」顯然也令人神往。「楠木呻吟／蘼褥間有著小小的地震」，這樣的語言，是純詩語言，感官享受無所謂一往情深。菊花作為室內窗台擺設裝飾，已失去特別寓意與價值。自古到今人類就是在星空下，世代相傳的。

讀瘂弦上世紀五十年代早期發表的出色詩作，還有一個探索時代與詩人心境的過程。倒不是說他後期的詩退步了或止步不前了，而是處境心境兩不同，欣賞界域自也不同。很大段時間內他是台灣聯合報系要員紅人，當然也是忙人，要他天天寫詩殊不合理。作為同代人與幾十年朋友，我們同時來到近黃昏的暮年階段，人生幾何終究不敢聯想。可是夕陽餘暉還能散發光熱，定論為時尚早。謹掇上述諸點讀詩心得，與相知舊友瘂弦共勉。

二〇〇七年三月四晚十時十五分脫稿

太平洋畔溫哥華楓葉書屋

刊於《城市文藝》總第十五期，二〇〇七年四月十五日

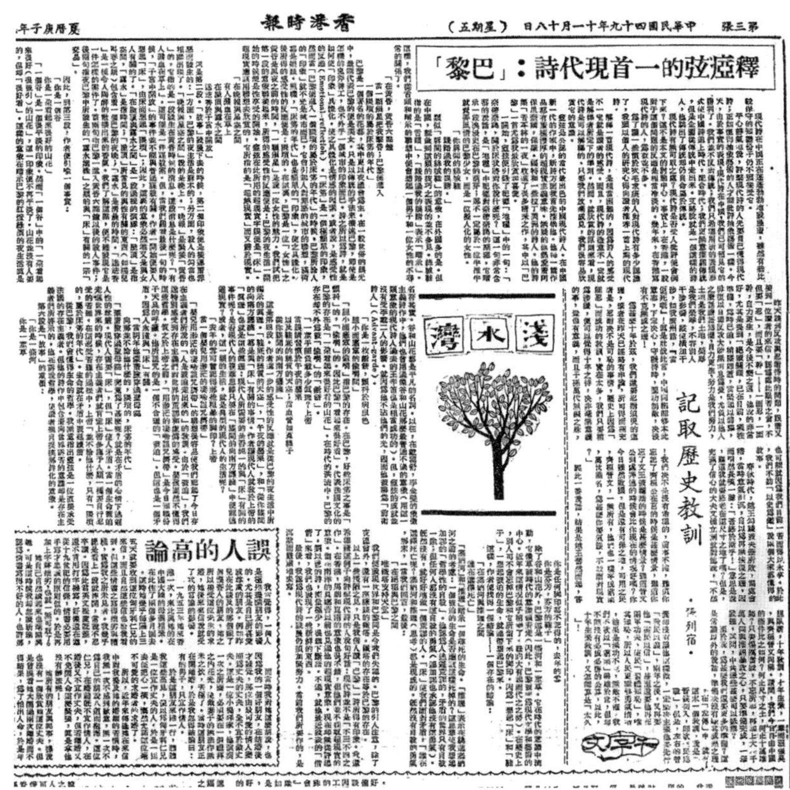

第三張　中華民國四十九年十一月十八日（星期五）　香港時報　夏曆庚子年

釋瘂弦的一首現代詩：「巴黎」

淺水灣

記取歷史教訓

．張列宿．

諜人的高論

〈釋瘂弦的一首現代詩：「巴黎」〉，《香港時報．淺水灣》，一九六〇年十一月十八日

遲悼楊際光

讀二月號《香港文學》，驚悉詩人楊際光已於去年患胃癌辭世，難禁唏噓長嘆心情。自古詩人多寂寞，證諸楊際光五十年代中長期身處香港詩壇，已難覓知音，更肯定一己看法。到六十年代，畢生唯一詩集《雨天集》雖面世；高山流水，依然靜候同好。一九七三年筆者移居溫哥華前夕，曾打聽楊際光下落，始知他早已定居吉隆坡。我倉促就道，未能適時繼續打聽住址，閒中冒昧寫信談文論詩，未必能慰寂寞，或能勾起五十年代他初晤一位文藝青年匆匆辭別的莫名心境。我早他一年定居北美。Everett（艾弗烈）屬華盛頓州小鎮，距西雅圖約三十哩；憑我平日開車速度，不足半小時即可抵達。自美加邊界沿五號高速公路長驅直進，一小時四十分當可到埠。可惜依舊與他無緣。居小鎮儘管青山綠水，刊出的遺照，已不復昔時面貌了。

楊際光比我長十歲。我知他大名，遠在一九五五年《文藝新潮》面世期間。當年有名叫羅繆（本刊介紹楊生平簡歷誤作「羅繆寸」，不確）的，譯撰諸作俱予人耳目一新。問馬朗：「羅繆的文章極好，他是誰？」馬朗笑著回答道：「就是你常常提起的貝娜苔啦，就是楊際光啦，在《香港時報》工作。」這是楊際光給我的第一印象，馬朗當時任警官（督察），工作相當忙碌。雖言及「有機會介紹認識」，但始終無緣碰頭。過了幾年，《香港時報》推出一個毫不顯眼的小園地「詩圃」，類似學生園地。編輯為該報體育版記者潘耀章，為時甚暫，我因投稿「詩圃」和他認識。某日，潘耀章突然約敘報社商談稿事。當年《香港時報》體育版，後來聽說由潘耀章搞得有聲有色；每逢周末足球比賽，特別是「南巴大戰」（南華、巴士兩隊對壘），《香港時報》多會售罄。

約敘那天適逢「南巴大戰」。我知潘先生是大忙人，自不便多留。辭別前，一名中等身材漢子，自樓下跑上來經過我們面前。潘耀章一手拉住這漢子瞧著我說：「他也是寫詩的，貝娜苔。你在《時報》副刊總讀過他的詩吧，要多多向他請教呀！」我以後輩身份，趨前同他握手。楊際光回答說正在忙碌，客氣地表示改天再見面。此際抬頭看掛曆，暗自細算，事隔整整四十六年。我已滿頭白髮，外孫女剛度週歲，楊際光卻已魂返極樂。交朋結友講緣份；即或夫妻，好些山河相隔，幾十年裏有緣無份。另一些朝夕互見，卻話不投機，猶如有份無緣。我和楊際光，僅算有緣一面。艾弗烈與溫哥華相距不遠，本應增份促緣。他當然不知有我，我卻問心無愧，至今仍是貝娜苔詩的忠實讀者，聊充一名換了國籍的加拿大知音。好久沒讀到貝詩新作了，看來楊際光是寂寞的。

《雨天集》由地址設在鑽石山聖堂路的華英出版社出版，無註明出版日期。我自舊友潘一工手中接獲詩集，已是六十年代後期（一九六八年春）的事。印象中，詩集與李維陵《荊棘集》同時出版，後者反而印列「一九六八年一月」字樣。果真兩集同步出版，則《雨天集》當在一九六八年一月問世。李維陵在《荊棘集》〈後記〉中，稱讚楊際光「熱忱待人，孜孜致力於詩藝」。李維陵又提起《文藝新潮》，斷言香港這份短壽文學期刊「在二十世紀五十年代」對現代文學的「貢獻起過相當作用，並具有深遠影響」。李維陵顯然比我更懷念《文藝新潮》諸友默默地耕耘的寂寞日子。他更提到一手締創的馬朗。但就我個人而言，尤其懷念的是《文藝新潮》期間的羅繆和貝娜苔。當日初出茅廬，剛透過羅繆譯文和貝娜苔詩，如飢似渴，展讀外國現代派諸家名篇傑作。

那時候，我一直以為貝娜苔是女詩人。馬朗雖也講到，卻無交代是男或女。到潘耀章約敘偶然碰見，才驚覺竟是男的。四十六年轉瞬即過，貝娜苔雖是昂藏大漢，影像畢竟那麼一霎驚鴻。與他交往固屬無緣無份，但亦不苛求。他比我早歸道山，我何嘗不是緊跟他身後遲早去見上帝？楊際光揚言「我要孟浪的哭，持歸舟的白帆」（〈前夕〉一句，《雨天集》頁四四），豈料四十年後胃癌痛楚中靜默撒手人間，何來絕哭以成孟浪？我欲為他長久寂寞而哭，卻已無從一哭了。

二〇〇二年五月中

刊於《香港文學》第二一一期，二〇〇二年七月一日

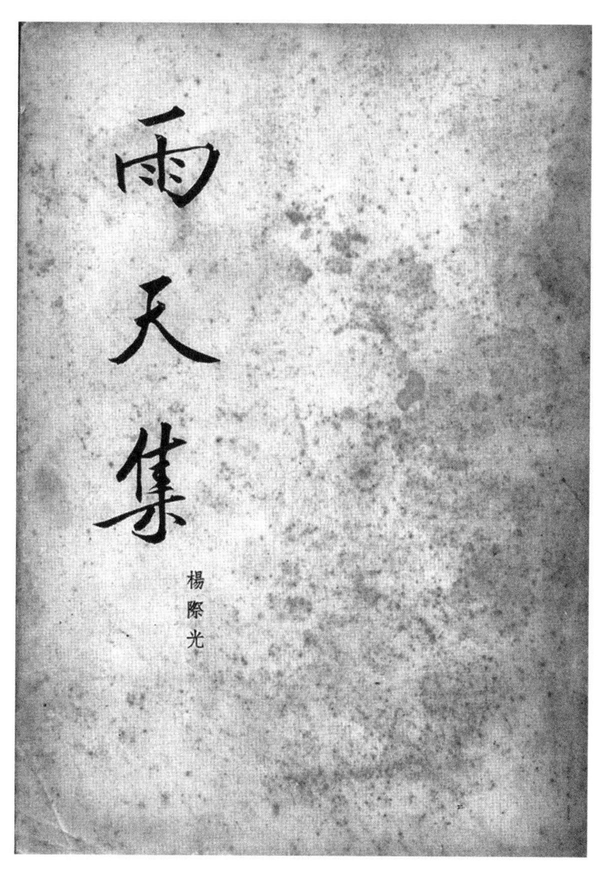

楊際光的詩集《雨天集》

我們在藍色的天底下見證歷史
——久別重逢賀崑南

二〇〇六年九月下旬暢遊絲綢之路結束，自上海轉香港稍留，即電五十五年老友崑南，是出發前在溫哥華電郵約好了的。他高興極了，十月六日在藍田地鐵站面對恆生銀行出口見面。選中這兒碰頭，主要還是因為我客居麗港城襟弟家，但求來往方便；沒料到見面後竟找不著一家環境稍為寧靜的餐館，可以讓我們落腳，大談特說別後四十年變化萬千的諸種世事人情。

和他失去聯絡真有四十年了。四十年不算短，豈會不爭朝夕？既見了面我急不及待，跑上前去雙手擁著他大聲笑著說：啊，你樣貌鄉音都沒有改變，只是人變得蒼老了。他睥睨了我一眼，隨即也哈哈大笑回答說：年紀大了當然蒼老啦！只是「乜咁串架」橫梗喉嚨說不出來。也不是絕對的必然的，我見過幾位年過八十高齡老翁，看起來只像六十歲多些。不但精神矍鑠，健步如飛，不必別人照顧；還天天風雨不改，外出晨運打太極；若下雪降雨，改在商場兜圈速行。晨運完畢或坐巴士或趁早就位，在商場內茶樓一盅兩件。早睡早起已成習慣，清茶淡飯，生活極有規律。唉，五十步笑百步，我何嘗不是多活一年多老一歲？

我和崑南同年出生。今次自港回加後，查閱劉以鬯主編《香港文學作家傳略》，原來他九月呱呱墮地，我卻先他一個月張眼看世界。過了五十五年，再無法找回當日我們初識的零星記憶。一九五二年十二月，已故詩人力匡詩集《燕語》出版不久，馬上風靡一時，不但暢銷並且傾倒許多短髮圓臉的中學少女。那時候，我和崑南都非常欣賞力匡的詩，對詩人心儀已久，各自購買一冊。約好了去旺角彌敦道東樂戲院對面的人人出版社拜訪他，請他傳授怎樣寫一首好詩的絕技，又請他在扉頁簽名留念。到今日仍記得那天是星期六下午，頭頂陽光普照。他從港島皇后大道西一〇五號家裏，坐旺角渡輪到山東街碼頭來，因為我答應了在那裏等他一同前往。

是什麼促成我們結交的呢？當然離不開培養香港青年作家、被稱為「作家搖籃」的《星島日報．學生園地》。我們都不約而同在同一時期內投稿，主編胡輝光可說是無心插柳的香港作家「接生婆」（五十年代婦人分娩多光顧政府註冊收生婆，搶眼招牌大字「接生」流通港九，到六十年代末七十年代初才逐漸淘汰）。過了幾十年，不少當時經胡輝光發掘刊稿的青年作家，先飲譽文壇如今正踏入晚年，著作等身的亦大有人在。二〇〇七年二月，加拿大華裔作家協會春節聯歡晚宴席上，昔日和我們一起投稿《星島日報》「學生園地」的培正中學王敬羲，接到陳浩泉通知也專程趕來與我會面。王敬羲比我們稍長，上次見面是七十年代中，他在尖沙咀漢口道開設文藝書屋；只要路過附近，我一定摸上門找他聊天。也算久別重逢啊，談起當年他辦香港版《純文學》和「學生園地」，無法捕捉回來的串串煙飄往事閃爍眼前；真有不勝唏噓、感慨萬端的笑淚迴響。

不知誰首先發起組織「學生園地作者旅行團」，於是一呼百應，我和崑南、王無邪、葉維廉及蔡炎培，就是那次旅行認識的。葉和蔡後來去了台灣升學，前者當了台灣作家，後者則是別創詩風天生的香港詩人。十一月中泰國清邁旅行回港後返加前夕，再約崑南正午舊地（藍田地鐵候車站內）重敍。有了去年附近一帶缺乏寧靜餐室經驗，甫見面當即告訴他還未吃午飯，先果腹再說。九龍灣地鐵站德福商場外一家餐館，去年家族小輩帶我見識過，頗清靜，就不知今年執了笠沒有。隨便，我無所謂，反正是詳談。崑南回應說：不過，五點鐘要見一位朋友。談到四點鐘足夠有餘了，我回答說：明年十月左右，多數會再回來申請回鄉證。有了回鄉證，去中國可避免拿護照申請簽發入境證不少麻煩，到時再約你吃晚飯吧。我問他這麼多年裏有沒有見過老王？他苦笑著搖頭道：沒有。很久以前見過一次，可是找不到話題，那真是自討沒趣，以後就怕怕。少年時代老王和我們特別投契，聖約瑟英文書院番書仔，竟然中文書寫了得，他用筆名伍希雅發表的譯詩頗有過人處。到六十年代初現代文學美術協會解體後，忽然「移情別戀」。過了不久去美國深造，回來後就開始和我們疏遠了。老岑不太喜歡懷舊，我也不喜歡懷舊，只會碰上心血來潮擇舊而懷。老王任職大會堂香港政府博物館那段時日，我因特別事情曾找過他，給我印象卻似和陌生人談話，無復當年知無不言、言無不盡的「詩朶情愫」。他看來是理智型人物，料不到擅畫潑墨山水，聽說他的畫作不是隨便可以買到的。

老岑《詩大調・前言：行詩走欲》說：「……杯前飯後之

間，我們愛説兄弟一場，唔使（洗）講嘢。但，唔講唔得，那些日子，這些日子……」一大堆唔講唔得的説話，不知為什麼見了面反而講不出來。和去年首敍那樣不覺得興奮只是高興，或許年事漸長，我們都對很多事情看透：又在不同的空間生活，這本來很正常。一切都講緣份，沒有緣份，一定不可能四十年後再碰頭。他去年的電郵説過，最近幾年每次回香港，都是我離開以後朋友跟他提起，所以知道我回來。要不是那次出席浸會大學詩朗誦會，碰到……陳中禧。對，就是她。她知道我和你是幾十年老友，説你正在打聽我的郵址，跟我要了。對啊，我回答説：她獲得你的郵址就立刻電郵給我了。其實，我十年前去多倫多初見金炳興，他告訴我你來過多倫多。他還問過你會不會去溫哥華，你説不會去了，因而沒有機會見面。

老岑自五十年代初「學生園地」開始寫作至今，仍執筆甚勤，至終當了作家。這樣的香港文學人物，委實寥寥可數。和他會面前一天，我在許定銘的書房説文談書，也曾講過這一點。上文提及王敬羲，但是很久未見他大作，不敢貿然肯定是否仍執筆甚勤。我講出五個名字。很好，最後那一位你沒故意説漏，老岑回應道：有興趣見面嗎？今次輪到我笑臉搖頭了：暫時沒興趣也沒有這個打算。人是會改變的，一個香港地，不過五十年不變。瞬間過了十年，即是説四十年後是會改變的，變好變壞？你我都看不到了。即使我想見人家不願見，一句斷然拒見，豈不掃你的興？不必不必。聽説健康日下，去年回來偶讀報上專欄文章但了無新意，老實説大感失望，莫非江郎才盡？反觀眼前老岑，飛躍三級跳。他的朋友説，我這個老友「活像一個老頑童，可見這五十年來他人老心不老，可能風采更勝當年。」(《詩大調》,附錄一:〈崑南葉輝詩人對談——情慾波經〉,頁三〇四)。老岑說年紀大了自然變老,不可能風采更勝當年。與當年大同小異才真,尤其說話談吐和神情神態。他這位朋友必是後輩,否則不會鄭重其事加上「可能」。

今年回來,喜見他得了第九屆「香港中文文學雙年獎」新詩組大獎,獲獎作品正是他送我的《詩大調》。我回來不久就讀到《明報》上全版似是廣告的報道,知道他得獎。據友人告知,從前獎金六萬元,如今政府縮皮又縮水,減了一半變成三萬元。折算四千多元加幣,總算不錯啊。一個獨享當然不錯,友人回答說:可惜你這位老友要與別人分享。是哪位詩人同時得獎?洛楓,你認識她麼?認識,寫得頂不錯的。能與老岑分享,相映成趣啊。你對這個「香港諾貝爾文學獎」有何看法?另一回也有朋友問。我哈哈笑道:不能拿來比作「香港諾貝爾文學獎」,諾貝爾文學獎不是雙年獎而是每年獎,規模與獎金也不同。崑南老早就應當得獎了,記憶所及,自從他不願再提的《吻,創世紀的冠冕》出版至今,相距超過五十年,才見第二本詩集問世。恰如他所說的「回頭望,⋯⋯詩人已重生,詩之言志,只限於志趣而已。嚼過了金丹,也啖過黃婆湯,足可齊天大性,行詩走欲,不管萬象在旁。寫詩如畫符,急急如律令,沒有什麼大不了。」

像老岑那樣,書本與女人不可或缺的大情大性詩人,寫詩當如畫符當如律令。我最近歐洲歸來後也試過寫詩,用英文寫贈一位瑞士女郎。豈料靈感死火,詩門似已砰然關閉。可詩心未死,今後也不會死,但幾番電腦打字卻一字無成。寫詩須一氣呵成,畫符當指這點。推敲不是最主要的,看來我寫詩頂多只去到賈島苦吟的境界。崑南仍緊記我原名，所以直呼他老岑了。我常常說他的英文比中文好，應當向各方讀者雅人君子，特別而且大力推薦集中臨末輯詩《詩房菜》老岑的英詩，還有兩首王辛笛詩英譯。原因簡單不過：老岑才情詩氣，盡在英文造句用字中。所以在《詩大調》扉頁他這麼贈我：「在詩的長河上，我們永遠在一起！」

詩河上彎曲且長，極目十萬里。他憑自由式泅泳游得快，和我相距不算遠也不算近，但會一先一後「永遠在一起」，這是真實的體驗與見證。這裏的我們，不限於我和老岑，還有真知他果然是大哉！驊騮也！以及欣賞他靈慾升仙、才華藝志共鑄成詩的讀者。文學有如馬拉松賽跑，堅持和執著居首，到百年歸老那天來了，才算抵達終點。再過十年，五十年代那幾位從「學生園地」躍入香港文學的作家，還有哪一位仍在？還有哪一位仍執筆甚勤？雖然不敢想像，以老岑的才情推斷，當仍執筆無間，可是我也不敢想像能目睹這情境。那時候，我和他應當比以前更接近了。我卻深信不疑，只有像他那類勇於「焚燒永恆」的詩人，才會八十二歲仍「要娶老婆／也要喺香港搵番個」（《詩大調》末輯「詩人醒《我係香港出世》」頁二九三）。

二〇〇七年十二月十九晚燈下溫哥華楓葉書屋

刊於《城市文藝》總第二十四期，二〇〇八年一月十五日

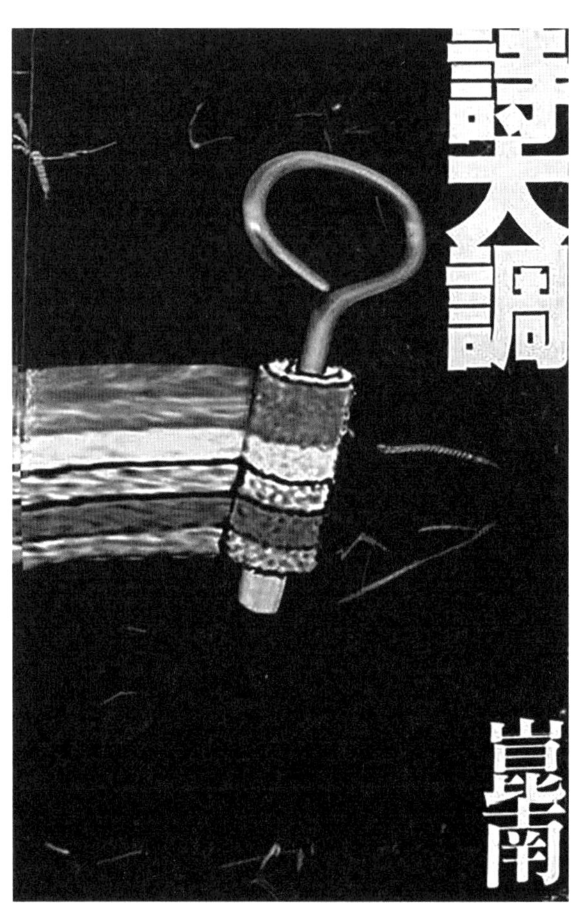

崑南得獎詩集《詩大調》

懷念故人江河

《香港文學》今年五月號發表張詠梅署名，鄧依韻、蔡靜婷整理的〈訪問江河先生〉，讀後感觸良多，久久無法掩卷。文中江河暢談香港三十年代報壇順及文壇，到一九四一年十二月八日，日軍侵佔，香港淪陷以後情況；再橫跨戰後初年（一九四六）他加入「華僑」，主編《華僑晚報》副刊開始，至一九七一年因胃出血退休長達廿五年的編輯生涯。江河有問必答，態度慎重認真。除了「一家十口，要寫稿養家，對這些事情，不大理會。」四句，輕描淡寫帶過，全文無隻言片字涉及個人私生活。事實的確如此，他為人作風一向謹言慎行而且低調。我和他由鄭辛雄介紹認識，雖始自五十年代末；文中所提葉靈鳳、戴望舒，在香港日治期間的塵封舊事，他絕口不提，我還是第一回知道。除此以外還爆了不少早年香港文化界內幕，諸如周蜜蜜父親周鋼鳴，和他往還頻密之類，頗值得研究香港文學史有心人參考。

江河生於一九一六年十二月十一日，來自越南華僑家庭，在越南長大受教育。就年紀説，他比我年長十幾歲，算是忘年交，但不會擺款作前輩狀。日後相處久了，發覺他交遊甚廣，個性隨和，喜歡交朋結友，近乎相識遍天下而老於世故，不改低調本色。早年香港文壇實況，雖知之甚詳；對待別人我不清楚，可是我和他嘻哈言笑間，侃侃而談只談風月，絕口不談卅十年代香港文學軼聞遺事。或許他有一己苦衷，我也嘻笑自若不問不提；其實他和侶倫（他太太胞兄）、張吻冰、黃天石、張稚廬這一輩早期香港作家，是過從甚密的。他甚至曾介紹我和住在美國的香港老作家岑卓雲（平可）通訊。

上文提到「對這些事情，不大理會。」據張詠梅訪問稿透露，是指四十年代末華僑日報《兒童週刊》，曾舉辦讀者會等活動，請他談談印象和看法，但他避而不談，可能大多時候不在場。即使不為寫稿養家，以他的性格，「對這些事情」事不關己，必然「不大理會」。可見他處世作風低調非自今日始，僅為人低調而已，以為他沉默寡言可大錯特錯；相識初年他留給我的，恰好是這個錯覺。

六十年代初某日，我應邀趕去看一家電影公司的招待試片，一頭鑽進天星小輪三等艙，還未坐下赫然看見他坐在對面。我們禮貌地打個招呼：趕返工？他點點頭沉默不語，船一泊岸各散東西。過了大約一個月，我們在另一間試片室碰頭，原來他和電影圈人士相當稔熟，左中右逢源，座上談笑風生。我坐在他身旁，自那天起才改變了我對他的錯覺。

一九七三年十一月我移居加拿大以後，開始和他書信往還。那時他已退休，賦閒在家「養病」，看來報上的連載小說也少寫了。他在信中說長子已逝，次子江錦鱗（我一直以為是「錦麟」，一九九九年冬讀《文飯小品》一篇文章，才知道應寫錦鱗），在西門菲莎大學深造生物化學，特別給我聯絡電話，諄諄叮囑有空和他見面指導關照。我已記不起是何年何日和江錦鱗首次見面的，第一印象竟然和乃父面貌何其相似。同樣瘦骨嶙峋，好像營養不良；甚而音聲也一模一樣，講一口非常流暢的英語。我哪有資格指導，關照更是無從講起。後來彼此熟絡，知道他閒時學習印章，自號「池末公子」。我於印章這門學問完全外行，但看起來順眼悅目，尤其有紋有路，既有板又有眼。跟誰學的？他微笑答道：沒跟過名師，完全是自學的。

江錦鱗香港大學畢業，是典型番書仔，居然接收了父親的「中文基因」。像他那類非土生而埋身行走洋人社會謀生，日中鬼話連篇，不忘印刻實在少見。何不寫點文章遣興賺點稿費？江錦鱗繼續笑道：這個不成，不是自謙真的寫不出來。那就用英文寫吧，我替你翻譯，再找地方發表。他聽罷只管微笑並不表態。一九八三年江河夫婦移民來了，肩挑關照父母重任，和錦鱗見面機會逐漸減少了。

那年代我家住二埠 New Westminster（筆者按：二埠為十九世紀初卑詩省府，興旺繁盛一時無兩。一八七一年，維多利亞轉作省府後始逐漸衰落，從此一蹶不振。掘金年代華僑習稱美國三藩市為大埠，New Westminster 為二埠，久居溫城華裔，多承襲此簡稱以迄於今）菲莎河畔偏僻區域，江河夫婦住本乃比 Burnaby 中央公園附近，巴士交通方便。儘管工作忙碌，必盡量趁休假日，設法抽空約他飲茶聊天。初來乍到某日，還記得驅車同他去二埠一家麥當勞洗塵，特別請他品嚐「加拿大海鮮」——炸魚伴炸薯條。他才對我說已割去半邊胃，不宜吃油炸煎炒食物。他移民前多次來加旅遊探親，似乎老早說過，可惜我將這話當耳邊風拋諸腦後，結果呢兩人齋飲洗塵。

我混水摸魚，夾雜一群遺老行列中，用英語對櫃枱那位年輕貌美的 junior（靚〔音讀上入聲〕妹仔）說：對不起，兩位老人家遲到，要多買兩杯才行，麻煩你了，謝謝。就這樣叫了兩杯 senior tea（耆英光顧麥記，奶茶咖啡一律廉價優惠。已忘掉當日價錢，時至今日仍不過每杯七角五分），其實那時我距 senior 尚差一大截！回到廂座談天說地，不知時近黃昏。那是我之前未有、今後也不會有的一次最慳水慳力，也最愉快的洗塵小聚。

上文既說過他交遊廣闊，自然很快便會遇到舊雨交到新知。為此我曾表示歉意，因餐館工作極忙，常常加開 graveyard（通宵班），無法經常奉陪。他是曹雪芹所說的世事洞明皆學問，人情練達即文章一類達人，也不必我細說早已洞明。果然不出所料，很短時間內已交了一班新朋友。一晚他來電說：幾時有空出來飲茶？介紹一位老友給你認識。誰？林浩釗。以前的華僑日報記者，已移民溫哥華多時，你可能不認識。他就是張詠梅訪問稿中提到的林浩釗，在濱海一家大規模煉糖廠工作，現已退休。他太太林欣，八十年代初由江河介紹，進入大漢公報當實習記者，積了廿多年經驗，迄今仍在中西媒介圈內活躍一時。

一九八〇年夏季，江河夫婦再來溫哥華探親。我一家大細四丁，和他一家三口外加一位江太胞妹（粵人稱「姨仔」），車分二輛，一起結伴同遊；沿加拿大橫貫全國公路，穿山越嶺深入卑詩內陸腹地各大小城鎮，直奔阿爾拔塔省露薏絲湖 Lake Louise，來回一圈六七日，縱橫交錯全程三千餘里。我開一輛當時很流行的 Beetle 歐洲鮮紅小房車，江錦鱗開另一輛更迷你的深紅「方塊車」，輪番引路尾隨長驅直進，那真是一次畢生難忘的開心快樂遊。本來還想趁機去卡格里 Calgary，反正再過五六十哩。我那邊有老友，是一家教會主任牧師。私宅樓下土庫，長期備客房三間，招呼外來友好。只要他沒外遊，打個電話通知一聲就可以了。我先問江河，他看來也心動，想去看看見識。畢竟是達人，拉著我走到一旁低聲回答道：你還是問問 Spencer 好，我不能私下作主。等錦鱗從洗手間回來，聽完我的建議立即回答說：太遲了，後天一早要開工，必須連夜趕路還來得及，下次有機會再從詳打算吧。回程沿另一峰迴路轉山道，一路上有驚無險，直奔奧根納干湖 Okanagan Lake 畔名城卡隆娜 Kelowna 投宿。不幸全市所有大小客舍旅店，連 B&B（夜宿包早餐私人住宅）也全部爆棚，趕去片迪頓 Pendicton，同樣處處碰壁。錦鱗不服氣一查，原來有 Red Wine Festival 紅酒節日盛會，我們只好趁夜幕快低垂繼續趕路；找家雜碎館，草草吃過晚飯再續奔程。大夥兒實在太累了，來到山腰一處公路旁空地泊車，關上車門，只開一扇窗縫透氣，坐著夜宿一宵。

九十年代初某天，突接張君默電話，原來他和太太已抵埗探親訪友。我們在唐人街酒樓午膳暢敘 ，一開口就說：我前幾天拜會江河，特別講起你和他「瞓街」（睡倒街頭）往事，妙趣橫生呢！他是指十幾年前，我一家和他全家去內陸旅行，夜裏找不著客棧，在荒山野嶺停車，夜宿一宵那回事？是啊，張君默含笑回答說：這樣的「瞓街」經驗，真令人羨慕啊！幾時有空，我請你再去那兒旅遊「瞓街」？我們一起哈哈大笑 。事隔十多年 ，他仍念念不忘，可知江河對那次兩家大小八口一同郊野「瞓街」趣史，猶有既驚且喜餘味。

一九九九年三月，江河唯一的一本遺著，匯輯九十年代歷年在加西版《明報》、《星島日報》發表的文章成書，用晚年寫專欄（《成報》副刊）筆名金刀署名，由溫哥華水禾田製作室出版。書中一反常態，多談個人移居加拿大以後私生活體驗見聞，旁及歷史、文化、文學、藝術、時事等等，值得仔細閱讀。書中附錄香港一位女作家文章：〈香港作家素描自稱「寫稿佬」的紫莉〉，讚賞江河為人灑脫敦厚，這也是我給他的蓋棺定論。二〇〇六年十月下旬，陳浩泉寅夜致電，始悉江河病重入住本乃比醫院，不久再接到他逝世消息。十一月初下葬海景墓園，壽高足齡八十九歲。喪禮追思會上，我和內子一同送他最後一程，難禁黯然神傷。今朝身與名俱滅，唯有江河萬古流。種種前塵往事，俱湮滅了俱流走了。作為四十多年交情老友，江河的音容笑貌，只能長埋心裏。

閱讀與創作經驗閒說及其他
——從一九四九年塵封往事說起

前序

我自幼生性好讀，大抵先有好讀個性，然後才會順其自然好寫。好讀未必好寫，恰恰相反，好寫的一定好讀，我正是這一類天性既好讀也好寫的「寫家」。記憶中大約六、七歲已開始展讀報紙，那是香港三年零八個月，艱苦備嘗的淪陷歲月。

環境稍為安定了，先父也返回俗稱「鐸也」(dockyard，「鐸」音讀上入聲，「也」則讀英語正音 yard。) 海軍船塢（即今日金鐘海濱一帶）工復原職，常常帶我去家居附近得如茶樓飲早茶。每去總是先買份報紙，剛坐下立刻張開，埋頭埋腦細讀。那時年幼無知，只好任他擺佈。父子各吃一個叉燒包，再輪流喝茶，是名實相符的「歎茶」。悶極無聊就隨手拿起餘下幾張，裝模作樣讀起來。實則識字有限，除了學幾個月才學懂寫的姓名和上大人，孔乙己，化三千，七十士這十二個字，以及阿拉伯數字，其餘的幾乎完全不懂。這樣自討苦吃「歎茶」，延續了好幾年，隨著年歲增長才逐漸擺脱。我天性好讀，可以説是從讀報開始的。

《木偶奇遇記》與啟蒙書友

一九四六年轉去旺角彌敦道鑰智中學繼續上小學。一位看來家境頗富裕的小學書友（當時同窗俱稱書友。幼時唸誦《三四五字書》有句：「同館人，係書友，要和好，勿生氣」，迄今仍永誌難忘。同學這文雅稱呼，是後來的事了。），經常帶幾本「雲姐姐」黃慶雲主編《新兒童》上課，小息或下課向我介紹並主動借給我。

沒料到這幾冊過期兒童讀物，竟挑動我的閱讀興趣和強烈求知慾，數十年匆匆掠過而歷久不衰。

我出身寒微，知道書店裏放了不少適合我年齡閱讀的書刊，可是哪有餘錢購買？物以類聚所言不虛，啟蒙書友和他的少友，一起去書店看書。我為了好奇也跟著去，大約一九四八年就開始打書釘了。第二年一九四九，我將節省下來的「利是」孤注一擲，買了幾本自認為合口味的少年書冊。因年代久遠，幾本實數早已忘得一乾二淨，只記得其中一本是厚厚的《木偶奇遇記》。這本兒童小說，出自十九世紀意大利作家 Carlo Collodi 手筆，是舉世公認的兒童文學經典名著，曾先後廿一次改編拍成電影。

好像是一連幾晚挑燈夜讀，斷斷續續讀完。內容不復記起了，只覺得很不錯。依稀記得當時曾經這麼想：講古仔（說故事）講到這種境界，很了不起啊！一九五○年，教育司署更改英文中學學制，由初級制 Class 8 第八班、至高級制 Class 1 第一班，改為 Form 1 至 Form 6，當中又劃分 Higher 6 及 Lower 6 英文中學六年制： Form 5 畢業，Form 6 結業。就在這一年夏天，順利考入旺角弼街英華書院，攻讀英文中學 Form 1，從此徹底抛棄兒童讀物，專注閱讀五四新文學作品。

原來山外有山天外有天

第一本捧讀的新文學作品，是當年風靡一時的流行小說、巴金名著《家》。第二本不是激流三部曲卷二《春》，反而是無名氏《塔裏的女人》，第三本是徐訏的《鬼戀》。而破天荒第一回引起我口誦心讀新詩的，是已故香港詩人力匡。他詩中那位短髮圓臉的姑娘，其實很容易找到；趁下課時間，跑去香港真光女子中學門外看看，觸目所及盡是短髮圓臉青春少女，不知哪一位才是詩人吟詠對象。那時候，我毫不猶疑擊節讚賞，譽他為偶像詩人。力匡的十四行詩，每日一篇見刊。叨了詩人的光，《星島晚報》也成為每天必讀報章。可是一旦繼續探索追尋下去，才發現原來天外有天，山外有山。終於承認在我所讀過的新詩中，力匡的詩不但不算最優秀，而且是順口溜式類詩。心目中的偶像詩人，一下子失去立足位置。自一九五二開始往後好多年裏，接二連三發現了不少文學寶藏諸如陳夢家、卞之琳、徐志摩、孫大雨、馮至、何其芳、李廣田、周作人、沈從文、魯迅、茅盾、端木蕻良、豐子愷、托爾斯泰、屠格涅夫、紀德、拜倫、濟慈、雪萊等等一大堆。學校中文教師，向來習慣照本宣科，沒能滿足我的要求；只好自行解決，發憤自修幾至荒廢學業。

從《學生園地》到《文藝新潮》

幸而那年代莘莘學子流行寫日記，在日記裏盡情傾心吐意。以我自己為例，就這樣從寫日記開始，不知不覺投身「寫家」行列，終而一發不可收拾。年底結算寫滿了幾冊。好些屬強說愁無病呻吟，大部分卻是缺乏觀點、堆砌文字、不值一提的名著讀後感和隨筆。一九五二年自認為可以了，就大起膽來，寫稿投寄《華僑日報．學生園地》。不久轉移陣地，改投版面和期數同樣固定的《星島日報．學生園地》、以及橫跨五十和六十兩個年代，極受自大專生到中學生歡迎的《中國學生週報》。客觀地說，五十和六十年代《星島日報．學生園地》及《中國學生週報》，都是培養香港新一代作家的搖籃。當今不少活躍香港文壇作家，都曾在這兩個搖籃裏吃奶成長壯大。五十年代末，我仍保留好幾冊這類少年日記和刊稿剪貼本。自從搬過幾次家，又捱不住一九七三年移民大清洗多舛命運，少年日記屬多餘雜物全部丟棄，剪貼本亦不知所蹤。

間接引導我走上寫作這條崎嶇大道的，第一位是《星島日報．學生園地》主編胡輝光。但提燈引路，直接帶領我走進前衛文學廣袤天地的，卻是機緣湊合，巧遇《文藝新潮》及主編馬朗。一九五六年《文藝新潮》宛若平地轟雷，在寂靜無聲的香港文壇震耳欲聾，可惜聽到隆然巨響的寥若晨星，嚴格說是太少了。三月十八日第一期面世，崑南來電報喜，說一本名叫《文藝新潮》的文學月刊已出版了，令他大開眼界也很合我們胃口，趕快去買一本啦，崑南如是說。我放下電話，立刻下樓直奔上海街得如茶樓報攤購買。

兩位文學道路提燈帶路人

果如老友所說，一看封面眼界已經大開；再揭內頁，翻到「焚琴浪子」馬朗新詩〈獻給中國的戰鬥者〉，站著讀了幾行——「一群赤裸裸的原人只看著紅色風信旗的指向」。作者在說些什麼但欲言又止，詩可以這樣寫的，「原人」豈不更具創意？不光合胃口而已，還決定日後找機會，向「焚琴浪子」請益領教。我雖然略知畢加索大名，後來進一步探討達利和梵高充滿個性的傑作，真正啟蒙卻源自《文藝新潮》。馬朗襟胸廣闊，樂意善誘指點。他職業警察幫辦（督察），家居北角，邀我參加家中小型沙龍，親自介紹認識李維陵。我至今仍大力推薦他的短篇傑作〈魔道〉，許之為五十年代香港獨一無二的存在主義短篇小說代表作。

一九五五年離開英華書院以後，工作無著又前路茫茫，苦悶煩惱多日，靠寫作和閱讀歐美前衛文學作品打發時光。一九五九年轉到離島長洲一家教會任職，平日負責盡是眼見工夫。這兒環境清靜，遠山近海融合異常風景，創作靈感悠然滋生。夏季日薄西山時分天水一片，這段時間內習慣飯後獨自漫步山徑，到海邊聽濤觀鷗。寫作閱讀雙管齊下，慢慢積累作為「寫家」的實力與本錢。踏入六十年代初，茫茫前路漸見曙光。好像一九六二年，一天忽然接到劉以鬯來郵：「昭靈兄：弟已返工，需稿頗殷，盼兄源源賜擲佳作，以光篇幅，匆此即頌文安，弟以鬯草，十一日。」

原來他已轉去《香港時報》主編文學副刊《淺水灣》，銳意介紹歐美風起雲湧的前衛文學。我當時已經意識到，香港讀者忽略甚至漠視前衛文學。或許介紹欠全面與周詳，何妨高擎火炬再出發？馬朗似乎意興闌珊，難道路鋪好了卻後繼無人？看形勢，只有我們幾個取而代之，勇往直前了。說是天意也好，巧合也好，劉以鬯來函恍若甘霖自天而降，自是正中下懷，也喜出望外高興極了。劉以鬯是我文學道路上第三位帶路人。他的膽識及遠見，為香港文學史奠下另一頁嶄新篇章。沒有他提攜激發和勉勵，我的「寫家」生涯與興味，不可能堅持執著到今天。

番書仔發憤自強努力自修

我曾問過當今香港水墨名家王無邪：五十年代中，我們一起辦過文學刊物，您寫過也翻譯過不少文章和英美詩作。好端端的，到一九五六年突然放棄了，轉向中國水墨畫發展，令我們大感意外更大惑不解，為什麼那樣無情？他的解答同樣令我大感意外：我是來自英文書院的番書仔，中國語文基礎薄弱，對我而言寫作發展有限。繪畫可不同，基本上是「世界語」，誰都看得懂。

很同意無邪這番創見，我何嘗不是番書仔？番書仔靠寫作謀生？骨子裏很早已為此擔憂。但我缺乏無邪向畫壇進軍的優越條件，就唯有努力自修，打好中國語文基礎。因而從一九七三到一九八三整整十年內，除了黎明即起返工放工，偶爾奮筆疾書，幾與世隔絕。我當自己是小隱隱於山，藏身二埠New Westminster舊居土庫basement書房，讀了一批中國古典文學著作；特別愛讀漢魏六朝及唐前志怪小說，《史記》中本紀、世家和列傳。中華書局十卷本《太平廣記》（一九六一年九月新一版），四卷本《紅樓夢》（北京人民文學出版社，一九六四年十月新一版），以及《張愛玲短篇小說集》（香港天風出版社，一九五四年七月初版），則是一九七三年十一月三日移民加國登機前，放進手提行李袋隨身帶來的。

我少年時代某天，那位落第秀才大舅父指著我莊重地說：要學寫白話文寫得好，只能向《紅樓夢》，《古文評註》和《唐詩三百首》偷師學藝。一些篇章及唐詩，必須時刻背誦；背誦次數越多，文采越發飛揚。唐詩能背誦五、六十首，寫起白話文來，說到得心應手這方面，大舅父滔滔不絕繼續說：也差不多了。我那時覺得大舅父逼人太甚，要我時刻背誦古文唐詩，簡直虐待摧殘。逼於無奈只好乖乖默唸，從「床前明月光」到「古來征戰幾人回」等等五言七絕，少說也有四五十首。

當時苦口苦臉默記背誦，如今過了七十而從心所欲，不踰矩的年紀，才明白他苦口婆心用意，才摸通撰文基本道理。大舅父那番高論，於我畢生受用無窮。可惜他已作古人；要是仍在，我會以無限感恩口吻，幽他一默對他說：大舅父啊謝謝你多年來諄諄教誨。大雅當前，明知是唔會呻詩也會偷一類貨色，只好藏拙了。不過，除了《紅樓夢》，理應加埋《金瓶梅》才對。這樣的話寫起文章來，必然更加過癮，也必然更能天馬行空任奔馳，未知大舅父尊意如何？但他早不在人世了。

天琴座剝光豬流行音樂會

直到晚近幾年痛定思痛，徹底拋棄寫短篇小說前的預設方式。但我仍要強調這一點：預先構思題材仍是必要的。我書房向南，秋冬夜幕低垂頃間，傳來陣陣風雨聲嘈吵不堪。天狼星突然失蹤，嘈吵聲來自大群域外知音。這時候，隨即聽到外星知友 ET，好像故人荊軻似曾相識，且彈且唱天琴名曲走過來——風蕭蕭呵蕭蕭風，敬你一曲天琴歌。小子呵何必吞聲忍氣，快快，大夥正等候你，等你這異世知音，隔住四十光年外星際簾窗，隨著聲聲蕭蕭飛過來應和。

唉塵世苦惱太多，原來 ET 橫衝直撞，硬闖獵戶座。雨中朝我猿指輕點，要我快快趕去獵戶座 B 星會合，一同轉去我朝思夕想，織女坐鎮的天琴座。獨挑大樑，擔任流行音樂會主唱嘉賓。ET 嘻嘻笑道：織女還規定所有域外歌星歌手，不分男女一律剃光豬演唱。那兒千萬樂迷雲集，恭候你這名小藍星剃光豬異客賞光駕臨，讓他們開開眼界！

織女也剃光豬等你呀！冇膽？那麼我不客氣了……！天呀域外剃光猪音樂會？誰知道是怎樣的？讀來似是而非，似非而是，別樹一幟又非常過癮就合格了。天琴座剃光豬流行音樂會，馬上成為魔幻短篇小說上佳主題。一篇五、六千字的短篇小說，於是一氣呵成。親愛的讀者啊，千萬要保持未泯童心。只有習慣胡思亂想，最好面向星空大海；傳統叫法是豐富想像力，亂想胡思不必花錢的。也只有這樣，才符合創作魔幻散文和短篇小說的起碼要求。

二〇一〇年二月十三晚虎年前夜燈下最後修正溫哥華楓葉書屋

《小說風》第十四期，二〇一〇年四月

從翻譯作家到水墨畫家
——與王無邪談棄文從畫說天地情

認識當今香港水墨畫名家王無邪，必須從一段五十五年前封塵往事説起。一九五四年夏末秋初，《星島日報》曾主辦一次以文會友、聯絡感情為基調的「星島日報學生園地旅行團」。「旅行團」由崑南建議發起，「學生園地」主編胡輝光大力支持並一手促成。我曾撰文略述其事，圖文並茂刊《香港文學一週年紀念特大號》（第十三期〔一九八六年一月〕）。之前我和崑南早已認識，可是好些文章經常見報的作者像已故王敬羲、詩人蔡炎培等，一直只聞大名，苦無機緣碰面。倒盼望能藉此難得機會，彼此相識交朋結友。聽他一説自是求之不得，當即舉手贊成。我和王無邪與葉維廉，就是那次旅行結緣論交的，彼此一見如故。彈指間五十五年已過，如今各隔一方，各為事業生活忙碌，長期沒通音問；奇怪的是見了面，毫無不勝欷歔感觸。或許年事漸長，也源自一股堅持不懈的信念：緣在人仍在；因而闊別四十多年後，去年十一月二十九日返加前夕，我們終於暢聚銅鑼灣一海鮮酒家。

王無邪本名王松基，中國出生，卻在香港長大成長。我認識他那年，還在聖約瑟英文書院攻讀，會考畢業後入律師行當文員。他住的老宅位處半山羅便臣道，我常在週末渡海登樓造訪，談文論詩聊天不覺黃昏已到。無邪母親慈祥好客，不止一次挽留，吃過晚飯才下山渡海，返回新蒲崗舊居。那是我們熱衷寫作投稿，幾至廢寢忘餐境地的難忘歲月。對文學的執著與堅持，也從此油然孳生。除了用王無邪筆名發表詩文，部分譯作更用另一少為人知筆名伍希雅，寄去台灣夏濟安主編的《文學雜誌》刊登，為早代港台文學交流架築橋樑。我到今天仍然記得，無邪很早已沉迷畫事，經常拿起白紙鴉塗。可惜年代久遠，準確年份無法考究。一九六〇年某日，他約了我們幾位老友，跑去中環傍海一幢舊式老唐樓，說是拜會國畫家呂燦銘（呂壽琨先父），實則介紹他老師，抽象水墨大家呂壽琨和我們認識。過了不久，他早年別出心裁的即興式墨筆插圖，以及和崑南合作的詩畫組合佳構，陸續在劉以鬯主編的《香港時報》文學副刊《淺水灣》出現，才驚覺他對文學意興闌珊，開始轉變了。

為了證實這粗淺而又斷裂的個人看法，不復記起是哪一年了，我曾問他既缺乏外來突發事故，也沒有當時能察覺、具體而恰當的理由，為什麼突然從文學轉向繪畫？到底是哪一年開始的？他支吾回應。幾個月後無邪買棹赴美深造美術，我去尖沙嘴九龍倉碼頭送行。沒料到這麼一問，數十年間始終是橫梗心中的懸謎。直到我們久別慶相逢那天，無邪好像靈機觸動，忽然記起六十年代初我那幾節提問，接著電郵來往，詳細回覆交代，剖析他多年來的藝術心錄。不妨這麼說，這的確是一次得未曾有的、坦率的「郵訪」e-interview 剖白。原來溯自一九五六年，他已深深感到，受了殖民地式英語教育與學習訓練限制，中國語文基礎薄弱。香港又是中西混雜的文化孤島，發展空間有限，文學創作也不是他原先旨趣。因此才毅然決然棄文從畫，終生矢志繪畫。

無邪綜合自己棄文從畫五十三年來的經歷，以約十年為一階段劃分，一九五六至一九六四為第一階段，他稱其為「展步立我」階段，包括美專夜校上課學習素描，放洋留學，嘗試充分運用傳統筆法；強調創意，突破刷新水墨繪畫圭臬陳框；師事呂壽琨和另一國畫名家梁伯譽，學習傳統國畫技法；崇尚師法自然，並以之為準則，為日後按部就班呈列抽象寫意、空靈中自見氣韻生動的獨創臻境，打下堅實基礎。

到了一九六五至一九七四，無邪已學成返港，受聘任職香港博物美術館助理館長六年，並任教中文大學校外課程部，傳授美術設計心得。一九七四年轉職香港理工學院即今日的理工大學，全面投入美術設計教育，廣泛利用公餘時間及假日作畫，著書立說並撰寫畫評。據他個人說法，那是「構理顯情」階段，致力設計美學研究與國畫技法相匹配。二者雖各有範疇天地，並非不可逾越。但他竭智盡力，孜孜不倦，務求融會貫通。我所認識的王無邪，真是數十年如一日；不管當前的繪畫或以往的文學，決不是理論滔滔的學者，而是好學勤奮，勇於破舊立新的創作人。不過踏入第二階段，顯然正層樓續上。這麼看來凌雲壯志是深藏不露的，證諸日後的畫壇成就，他明確肯定了，進而找到了無限發展的心靈空間。在他看來，棄文從畫純是個人抉擇，又何須理會外界月旦置喙呢。

一九七五年，無邪夫婦移民美國，直到一九九六香港回歸前夕，才痛定思痛，放棄美國家園，返回成長故土香港。這一階段怎樣劃分？他說，不妨自一九七五年界定至一九八四年，屬「溯源覓流」第三階段。以宋元繪畫傳統為基礎，追求當代精神表現。他繼續表示事實上這一階段，可向後推移延至一九八七年。移民美國十二年裏，是王無邪過去生活中至大的轉捩點。為了專心創作，他與夫人吳璞輝，同時放棄高薪厚職，輾轉奔波明尼蘇達州，俄亥俄州；再到新澤西州，最後定居繁華昌盛，囂喧不絕的紐約市曼哈頓下城。當時你們的生活怎樣過？還好。無邪毫不諱言那是一段隱居生活，畫作逐漸流通且略有市場，著作版稅也帶來足夠收入。他向來清茶淡飯，家中雜務從開車到協助裝裱，事無大小都由夫人操勞，所以能心無旁騖專事創作。接下來的一九八五至一九九五年，這第四階段無邪稱之為「遠隱反思」階段，在鬧市曼哈頓下城繼續隱藏起來，反思傳統與現代契合的成敗得失。畫風慢慢蛻變，逐漸進入成熟期。

第五階段一九九六至二〇〇六，再由二〇〇七年至今為第六即現階段；前者無邪在「郵訪」中說，「我定名為『尋根建夢』」，後者則通稱『天地情懷』」。我認為，其實二者可合而為一，正名「尋根建夢環抱天地情懷」。無邪先後留居北美時日不算少，北美耆英一般認為人生六十開始，即所謂 life begins at age 60，算起來我們才踏入少年十四十五時呢！即使按實齡推論，也不過少老 young old 而已，來日方長啊！兩三年翻一番，翻到「情懷」之外，那將是廣大無邊的宇宙界域以外的跨宇域情懷了。

一九九七年香港回歸，殖民歲月從此一去不復返，我們毋須背負褒貶共存、悖論式「番書仔」俗號。他心懷中國，是以當機立斷，香港回歸無邪也決定回歸。在回答我提問時他誠懇表示：「為了見證這重要的歷史時刻，不管帶來後果是好是壞，我決定回流香港。事實上遺憾得很，我對西方地域與文化的涉獵認識多，對中國少。我要重履中國歷史的足跡，在中國泥土植根，在中國山河尋源。只有這樣我才安心在自己的生命軌跡上，畫出一個圓環。將西方的襯衣，套在中國的自我身上。」換言之，是西方的王松基泥土植根，與中國的王無邪山河尋源接軌。

無邪直言他的畫藝創作基石是文學、設計、傳統和現代。文學作為一種深層次表達形式，有助他在畫藝創作上以形表意，以意興情，傳示深層意蘊。設計藝術有助他在畫面佈局上，抒發幾何結構組織，添加韻律節奏，強化動態氣勢與美感；所謂淋灕盡致，大抵亦不外如此。紮實的傳統根柢尤其不能割捨，從點線筆墨以至一勾一撇，處處盡顯功力，求出法而不悖法。至於以現代為基石，於他更是牢不可破的「畫文情結」，唯有這樣才能創新刷新。怎樣在畫藝上，將中國傳統哲學系統主環的天、地、情，緊密聯繫？無邪認為他以天這概念，作為一己藝術創作表達元素。在他整體畫藝創作構思基調中，自有一套法則——人法地，地法天，天法道，道法自然。畫藝表現首重天地人合一，天地既在眼中也於心內。胸際萬丈懸崖丘壑，無不生於筆下。自天觀地，視野無邊無際，氣象萬千。因而畫面一點一線，也能從容抒發。地可概括為以城市入題的重要畫作，筆墨色彩之外，兼及運用實驗技巧與西方媒介，呈現大城市五光十色的繁華世界。情之為情，在無邪的創作基石上，更是不能切割。

綜觀晚近連串作品，充滿懷鄉思故土心境。他在「郵訪」

中說，從日常生活中所思所想，或所懷所望所夢，到所怨所愛所憂，凡此種種，都在抽象具象的畫構上盡情抒發。無論文學創作抑或畫藝創作，主要目的在求引起、至少也能帶動讀者／觀者共鳴。王無邪以文學為心，設計作眼，傳統立體，現代建貌。這四點可以說，自五十年代中起至今，逐漸經過寸陰洗濾，努力建立起來，自成系統的個人藝術觀。

對我而言這是一次別具一格，也別開生面的「郵訪」，對文學創作視野啟發良多。在我自己的生命鐵軌上，同樣可以銜接起來，畫出一個圓環，引向更廣漠無垠的另一段長鐵軌。無邪對畫藝創作的簡略剖析，不禁使我想起杜甫詩〈登樓〉四句：「花近高樓傷客心，萬方多難此登臨。錦江春色來天地，玉壘浮雲變古今。」可以想像我這位五十五年老友，當他得知香港回歸，身在花旗只好花近高樓，未必嘆息但傷客心是肯定的了。一旦香港回歸他也回歸，維多利亞春色忽來天地，與時俱進和與時競賽是平衡的，浮雲玉壘變古今就很自然了。

王無邪擇畫捨文當然可以說人各有志，他也毫無疑問選對了應走的路。不管怎樣我仍十分懷念五十五年前，我們一起渡過的文學歲月，一起咀嚼過的佳構名篇，以及那些此起彼落的哈哈笑音。我們這一代的殖民時光，瀟灑得了無蹤迹。突然回首我們一起走過的長路，最後不約而同的停下來。我情不自禁，喃喃自語像禪師打坐，誦唸無邪以下六行詩：

時代與你們相違：呵盡可能
眼睛的湖沼容得下宇宙，胸間
熾熱的火燄賽過了太陽，太平山

推翻了，依然逃不掉全中國的陰影
屍布般的覆蓋！彷彿歷史的光榮
徒然為上代的紀念，甚至方塊字
被遺忘如同古物，也不復存姓氏，
但見到處處有奴性的光彩驕人！

——王無邪〈一九五七年春：香港〉

（原刊《文藝新潮》第十三期，一九五七年十月二十日）

二〇一〇年一月十八日黃昏脫稿溫哥華楓葉書屋

刊於《香港文學》第三一一期，二〇一〇年十一月一日

近年的王無邪

人天永隔一腔愁
——悼故人海辛、林蔭

讀《城市文藝》第五十三期羅琅悼文〈老作家的遺憾〉第一段，似有預感而暗自揣測。讀到第三段立刻確定文題「遺憾」，已透露了文中全部訊息：老作家林蔭經於辛卯大年初六（二月八日）離世。一股無可奈何感覺立刻狂襲心頭，為此吃驚不已。去年十一月中返加前夕，屈指一算事隔不過半年，還與他在「鑪峰雅集」周日茶局，飲茶話舊聊天。更令我吃驚的是文末最後兩行半：「當林蔭家人決定治喪日期，我曾寫一封信通知海辛來送老友最後一程，但海辛竟也在這期間仙遊了。」讀後悲從心底深處湧現，兩人先後同一時段內撒手人間，的確始料不及。世事無常莫此為甚，死亡呼召是抗拒不了的。

二○○六年回港探親，我不知「鑪峰雅集」每周日正午茶局，事前和海辛通電話，約他出來聚首。他說巧得很，你回來了就好，相熟的文友都問起你在加拿大近況。星期日正午「鑪峰雅集」茶局你來聊聊吧，還告訴我茶局北角酒樓地址。我回答他人生路不熟，不知該怎麼去。海辛說這很容易，你在觀塘搭地鐵，到北角站下車，往英皇道西走，朝新光戲院對邊看就看見招牌了。我爽朗回答說一定來，當晚跟許定銘聯絡，相約星期日由他帶路前往。以前兩次回來，都行色匆匆；和他快二十年未見，實在渴望一聚。我抵達酒樓二樓後老遠就看到他，不時朝樓梯這邊望過來，令我印象難忘。深信這位老友，異常珍惜他和我結識快五十年的這段持久友情。

我快步跑過去，他望著我，反而比剛才平靜多了。喂鄭辛雄！我衝口而出，聲若洪鐘，像以往那樣直呼他大名。他似乎早知我已經到了，站起來招呼我坐下。當日座上「鑪峰雅集」文友，好幾位我未見過，海辛逐一介紹。林蔭首先站起來，海辛當即説道：這位異鄉客⋯⋯林蔭含笑叫出我的姓名，當時感覺異常詫異。其實和他神交已久，始自上世紀五十年代《星島日報．學生園地》投稿期間，林蔭文章常常見報。這段陳年記憶，沒想到五十年後才破土而出呈現眼前，「一見如故」也無法形容當日喜形於色的特殊感受。

據吳萱人編《香港文社史集初編 1961-1980》(採集組合出版，二〇〇一年十月版）中羊城大文〈閒話「阡陌」〉(頁六九）記載，林蔭是一九六〇年創立的阡陌文社主要成員，「早期的主要成員大約有十二人」。細看名單，不乏當今香港文壇名家。坐下不久林蔭先指指海辛，再指指我問：你們相識很久了吧？很久了，一九五九年冬天認識。怎麼認識的？我記不清楚。我請他坐下繼續説：好像是一家機構，社團之類，搞聯誼飯局，筵開幾桌。我硬給別人拉去叨陪末席，恰好和他並肩而坐，沒想到從此成了老友。過了許多年，才知道那次飯局，來了不少左派中人。

鄭辛雄雖然替左派報刊寫稿，六十年代初開始，還在左翼電影公司工作，負責上畫影片宣傳。我那時替無分左右的《新生晚報》撰寫千字影評，每日一篇，自此過從極密。他本人無所謂左派右派，因而相交無阻也異常投契。我在《海光文藝》第十二期刊登的唯一一篇短篇小説〈颱風季〉，就是由他推薦給羅孚發表，還説過日後有機會，一定介紹你們認識。一九七三年夏天我準備移民楓葉國，來不及道聲拜拜，便在秋末冬初啟程。

最近幾年回港，多在「鑪峰雅集」茶局和他碰頭。海辛曾跟我提過，九十年代初香港爆發移民潮，他兒子全家移居多倫多。香港友人也曾跟我説過，海辛沒來過加拿大探親，大抵深知嚴寒天氣不適合他生活；多倫多一帶地廣人稀，交通不便，更沒熟人天天陪他飲茶聊天打發日子，對他來説還是香港最宜居。他兒子聽説也沒有回流，雖是五十年老友，我們從來不談家事，至今仍不知他有多少名子女，他也不知我有多少位內外孫。一回我們聊起個人寫作經歷，因為窮，我曾用木箱作書枱。他説：點燃火水燈寫稿，未至一燈如豆，卻是自得其樂。我比你較幸運，這反而沒試過，我回答説：以床為桌倒算習以為常，因為我一向睡木板床，掀起臥被，坐在特製小木凳上，便寫個不停。

二〇〇九年十一月中，歐洲歸來路過香港，離去前夕與許定銘趕往「鑪峰雅集」，赫然發覺海辛全身縮水變形，容顏枯槁憔悴；不但老態龍鍾，和我五十年中所見的鄭辛雄判若兩人，變得沉默寡言，談笑風生情趣不復再現。林蔭反而精神奕奕，臉色紅潤似喝了幾杯精品白蘭地。説預感我一定來的，所以特別帶了一本新作《日落調景嶺》贈送老友。小説集嗎？不，是長篇小説。好得很，我回去溫哥華後，一定抽空拜讀。我不清楚海辛和林蔭近年身體健康狀況，前述羅琅悼文只提到「但海辛年紀大了，飲茶也不來了。林兄屢次促駕也不為所動，最近連電話也不肯聽。我們正為他擔心年老人的變化，有點不正常。」據此判斷他極可能患了某種纏身惡疾，盡量寧靜養生，怪不得去年茶局已不見身影。

人到八十歲按北美風習計算，僅屬初老 young old，距大老 old old 目標尚遠。〇九年所見縮水變形與羅琅筆下擔心兩相比較，暗自判斷雖不中亦不遠了。他周圍的朋友既不知實情，我和海辛相隔幾千里，平日又無電郵互通消息，只好單憑直覺判斷，下次歸來一定詳細詢問他身邊幾位老友。我見林蔭雙臉潮紅，想起家中老輩舊話：臉孔潮紅是身體出問題先兆，原來因心臟病發逝世。兩人同一時段內先後大去，也太突然，非始料所及。死亡呼召旁人愛莫能助，除了無可奈何，以及伴隨而來的一腔愁，委實無話可說。

二〇一一年五月十二日下午脱稿溫哥華楓華葉書屋

刊於《城市文藝》二〇一一年七月

悼念羅孚以外

讀畢本刊八月號（總第三五六期）「悼念羅孚先生特輯」委實感觸良多。五月二日羅孚逝世消息，我是從隔了一天出版的、加西版《明報》知道的。當時還想過寫一篇悼念文章，幸而頗有自知之明，就此作罷。然後，讀到別人寫的「悼羅」大作，寫悼文念頭又死灰復燃了。可是多番反覆考慮，卻突然發覺，我和羅孚其實毫無交情可言，四十多年中只見過兩次，勉強說有兩面之緣。這麼一悼只怕引來「贈興」譏嘲。最後反覆考慮再三，才決定下筆，算是「悼羅」以外，聊備一格遲來的悼念。

整個六十年代中，我因替《新生晚報》撰寫每日影評，和五十年代末早已相識、已故香港作家鄭辛雄過從頻密。那時，他專職替左派鳳凰影業公司電影宣傳，每有新片面世，照例試片招待報章電影版同行先睹為快，一定來電通知盡快趕去。我後來的「招待」更異常特殊，先看「毛片」（剛拍好未經剪輯原裝版）提供意見。明知是鄭辛雄一番好意；因看「毛片」太吃力太辛苦，推了幾回以後沒下文。大概他也深知箇中滋味，不足為外人道，終而知難而退。好像是一九六五年某日（年代太久遠，正確月日早已徹底忘記），他來電說有要事商量，約我馬上外出飲茶。原來據他說，《新晚報》老總羅承勛，創辦文學月刊，正在招兵買馬，約我寫小說，「可有興趣替他寫稿？寫好了由我轉交。」「有稿費的」鄭辛雄笑道：「羅孚約外人寫稿，絕不會不給稿費。」「我不過是無名小卒，他怎會看中？」鄭辛雄的回答是：「他說，讀過你的影評和小說以及其他文章。」這一問一答，卻是至今還記起來的。可惜兩位均已辭世，外界要是「考證」我是不是自我吹牛？也無從「考證」了。

我那時不知羅承勛是誰，一問才知羅孚只是筆名。我不置可否，後來就淡忘了。我雖然珍藏了整套十三期《海光文藝》，但不知放到哪裏去？今天為了寫這篇遲來的「悼羅」，只好上網搜查，才知道《海光文藝》一九六六年一月創刊，一年後即一九六七年一月停刊，一年內共出版了十三期。既屬月刊，本應一年內共出版十二期才對，竟然掙扎了超過十二期。為何到翌年一月才停刊？標準答案易找得很。網文引「羅孚認為」，《海光文藝》「不算很短命」但「生不逢辰」，「因政治因素自動停刊」。一九六七年文革如火如荼，羅孚縱然「志在文藝」，也不得不「自動停刊」。

羅孚向我約稿過了幾個月，老鄭一回約我看試片，曾問起過我那篇小說寫好了沒有？如今已記不起怎樣回答他，結果是「的起心肝」（毅然決然）下筆。當年家住新蒲崗景福街一座唐樓，我在木片木板上提筆疾書，一口氣寫好了修改了，就是那篇刊在一九六六年十二月第十二期的〈颱風季〉，交鄭辛雄轉給羅孚。小說刊出不久，老鄭來電，說羅總要見你親手交稿費。通知我某月某日晚上，去灣仔新晚報報館找他。那晚我因事遲到，來到報館門口，我向守衛自報姓名，説羅孚老總約我來拿稿費。守衛打過電話，隔了不久羅孚跑下來，我先向他道歉遲到，他也説現在很忙，改天再約我見面，隨即交給我稿費，頭也不回就離去。至於稿費多少塊錢？真的記不起了。過後，他沒再約我見面。那是我和羅孚第一次見面。燈光半明半睹，印象完全依稀。我是一九八四年初回香港後，不知在哪本書上，偶然看到他的照片，才知道原來羅承勛相貌是這樣的。

第二次見他，是二十一世紀初某年的一次鑪峰雅集聚宴，地點是北角新都會酒家。那年我恰好返港轉外地旅避「回氣」（時差調整）完畢，即致電鄭辛雄，他搶先説，某日晚上某點鐘，鑪峰雅集聚宴，羅孚答應赴會，你一定要來。相隔幾十年，恐怕你已經認不出他了。不要緊，我介紹你和他相認。老鄭説「相認」不是説認識，因為他知道，我們早在一九六六年年底已見過面。實際情況我沒告訴他，他當然不清楚。羅孚站起來，微笑和我握手。彼此握過手後，我也沒説什麼，便坐下來吃飯。

世事往往太多時候很冷，有時候卻很熱；想不到的時候反而又冷又熱，甚而時冷時熱。人生苦短早成老生常談。我和羅孚兩次見面，總覺得很冷，應當説他早已渾忘我這個人。儘管聽説他喜歡廣交文人雅士，在這麼一位相識滿天下的文藝報刊編輯腦子裏，我固然沒資格充當雅士；渾忘我這個人，自是合理合情。我寫這篇「悼羅」短文，毋須亦無興趣「贈興」。唯一原因只是，我飲水思源，很感激他一九六五年某日，委託鄭辛雄向我約稿。我一向覺得，不飲水思源的人，不要説人品了，即使平日為人處世處事方式，也必成問題。縱是感激，從沒想過回報，我猜他既屬性情中人，何需寄望別人回報。冷有冷的好處，因為我在加拿大，已生活了整整四十年，不感到冷是什麼一回事，反而倍覺正常。飲水思源是我事後「悼羅」，也是讓我記起鄭辛雄，最初只說羅承勛，後來才知道羅孚就是他那個唯一的原因。

二〇一四年九月四日黃昏疾筆溫哥華楓葉書屋

刊於《香港文學》總第三百六十期，二〇一四年十二月

輯二・憶昔

釋瘂弦的一首現代詩：〈巴黎〉

現代詩在中國正在蓬蓬勃勃地發展著，雖然有些比較保守的知識分子仍不願接受它。

平心靜氣地說，評擊現代詩的人先要自己懂得現代詩；正如懂得抽象藝術的人才能批評抽象藝術一樣。今天，由於事實的表現，現代詩在中國，我們已可預見它的勝利了。我們並不反對傳統；我們只希望用新的表現形式使中國詩追上時代，配合時代；我們更無意推翻傳統，但是企圖從傳統中走出來。艾略脱就是一個這樣的詩人，他跳出了傳統卻仍自命屬於傳統。

現代詩有無可取之處？現代詩是否受人批評便會倒下來？這不是本文的討論中心。事實上，在香港，一般對於這個問題的反應是相當冷淡的。幾年來，在香港寫現代詩的人，為數並不多。

為了讓一些慣於吹毛求疵的人對現代詩有多少認識了，我願以個人的研究心得向讀者推薦一首上乘的現代詩。

解釋一首現代詩，是相當困難的，因為詩人的感受不一定就是讀者的感受。而且，現代詩的造意不一定就是解釋者所定下的準則。然而，就欣賞的原則來看，現代詩是可以解釋的。只要我們放棄成見，我們很容易欣賞它的意識。

瘂弦是公認的當代最出色的中國現代詩人。在中國新一代的作家中，新詩方面我首先推崇他。他每一篇作品都有著極濃厚的超現實主義意味。無疑的他熱愛著阿保里奈爾，保羅·福特和一些拉丁美洲的詩人。他的詩集《苦苓林的一夜》收進了很多精彩之作，其中以〈巴黎〉一首尤為我最欣賞和喜愛。

一開始，瘂弦便引錄了紀德《地糧》中的一句：「奈帶奈靄，關於床我將對你說什麼呢？」這一句非常含蓄的說話，是《地糧》中紀德對奈帶奈靄的期望。它暗示一段浪漫史在巴黎的萌芽；那不一定屬於一位半推半就賣弄風情的巴黎少女，而是一位擬人化的女性——

你唇間的絲絨鞋
踐踏過我的眼睛。

類似「唇間的絲絨鞋」的意象，在外國多的是。但在中國，能做到這類的技巧之表現的並不多見。絲絨鞋指的是「舌頭」，「踐踏過我的眼睛」表示「暗示」。這樣，我們從舌頭和暗示的聯想中便會想起一個男子和一位女性的不尋常的關係了——

在黃昏，黃昏六點鐘
當一顆殞星把我擊昏；巴黎便進入
一個猥瑣的屬於床第的年代

巴黎是一個著名的花都，其中更以夜總會為主。在一般世俗的眼光中，最能代表巴黎的便是美女。只是以傳統的手法來描述巴黎，即使是怎樣的鬼斧神工，也不外乎一個城市的印象而已。詩之所以為詩，就是如何使「印象」具體化。使之具體化是情感的因素。或者說，是感受性的反應（Emotional-reflection）。「床笫」是一個極簡單的印象，然而當「巴黎便進入一個猥瑣的屬於床笫的年代」的時候，巴黎所給人的「印象」就不光是城市而已，它會引起人對罪惡的城市的聯想，滿街都是娼妓。照樣，「床笫的年代」也是簡單的「印象」，使之具體化。讀後所得的感受性的反應便是：猥瑣的。在這裏，巴黎是一位「女性」之黃昏是黑夜之前的時間，「一顆殞星」是說一位女性的魅力。我們試把第一段的意象聯接起來，所得的感受性的反應便是：巴黎的夜生活一開始的時候便是性享受的開始。瘂弦在此所用的超現實字眼便是「床」。超現實應該用聯想去欣賞的，它所指的是「超越現實」而又歸於現實——

在晚報與星空之間
有人濺血在草上
在屋頂與露水之間
迷迭香於子宮中開放

這是第二段。「故事」發展下去的時候，第二個印象便是接連著罪惡而發生的：一方面，巴黎的夜生活是麻木的；另方面，殺人的勾當也相繼出現了。「晚報與星空之間」說的是晚上。「晚報」是緊接「黃昏」的，它指的是一段發生在黃昏時候的消息。這段消息是什麼呢？「有人濺血在草上」。這可能是一件謀殺案。但，當我們翻看最後一句的時候，「子宮中開放」的事件並不能與普通謀殺有關。作者一開始便要人想起「床」，由床而想起「猥瑣」；因此，這裏的意象必然地又是與女人有關的了。「在屋頂與露水之間」是一段過程的演繹：「屋頂」是指空間，「露水」是指時間；「屋頂」所常見的與性有關的東西（如貓兒叫春之類）包含著一個巴黎的夜晚；「露水」是清晨的時間。「迷迭香」是一種令人陶醉的散播出來的香氣。我們了解這點，便不難發現它是一件怎樣的案件了。首兩句指巴黎一進入黃昏六點鐘以後的殺人事件；後兩句指巴黎中所發生的「露水姻緣」之類的與「床」有關的一宗「交易」。

因此，到第三段，作者便引喻一個事實：

你是一個谷

你是一朵看起來很好的山花

「一個谷」是一個很平淡的印象。然而「一個谷」中的「一朵看起來很好（很吸引）的山花」，這一印象便不再平淡了。山花並沒有人要的，但卻「很好看」。這樣的意象在暗示巴黎的紅燈綠酒的夜生活真是名副其實。谷和山花都是平凡的名詞。以往，在戴望舒、李金髮的象徵主義詩作中，他們也曾用過像谷和山花那麼最普通不過的意象（用這一類意象的現代詩人過去的王辛笛也是相當成功的）。但，瘂弦的成就並沒有受李戴二人的影響。就因為他不沾他們的光，因而他被稱為「前衛詩人」（Advant-garde）——

你是一枚餡餅，顫抖於病鼠色

膽小而窸窣的偷嚼間

「膽小而窸窣的偷嚼」指巴黎的存在。在巴黎，好些床第之事是「顫抖」的，「偷嚼」的。因此巴黎「看起來很好看」。代表法國文化的巴黎的存在是「一朵看起來很好看的山花」。在時代的洪流中，巴黎的存在卻不外為被「偷嚼」的「餡餅」——

一莖草能負載多少真理？上帝
當眼睛習慣於午夜的罌粟
以及鞋底的絲質的天空；當血管如菟絲子
從你膝間的向南方纏繞

這是第四段。作者進一步的感受性的反應就是從巴黎的夜生活中所揭示的真理。「鞋底的絲質的天空」，「午夜的罌粟」，和「從你膝間的向南方纏繞」都是與「床」有關的事情。作者讓現代人就教於上帝的「真理」也就是這些真理：現代人所需要的是否純一的與「床」有關的事件呢？是否現代人的複雜思維只要在「膝間的向南方纏繞」中便能逃避現實？或者，這一類的生活，就是典型的現代人的生活呢？

去年的雪可曾記得那些粗暴的腳印？上帝
當一個嬰兒用渺茫的淒啼詛咒臍帶

「當一個嬰兒用渺茫的淒啼詛咒臍帶」的聯想很容易使我們記起了今日存在主義者們所說的「人是被迫走出來的」的教訓。

由於「被迫」，我們遂特別感受到存在主義們對世界的荒謬和虛偽的感受。嬰孩固然不懂得這些哲學。質之於上帝之前，「用渺茫的淒啼詛咒臍帶」是今日知識分子天良的呼籲。他所詛咒的是一個不合理的「被迫」。但這也是一個矛盾，因為人永遠與「床」有關：

當明年他蒙著臉穿過聖母院
向那並不給他什麼的，猥瑣的，床笫的年代

「蒙著臉穿過聖母院」究竟為了什麼呢？就是在矛盾的心情下逃避人性的尊嚴。現代人需要「床」，但「床」使人矛盾。當一個生命被迫走進世界來的時候，存在主義者們就肯定上帝多施予人類一種要自行忍受的苦難。在這忍受苦難的過程中，上帝「並不給他什麼」，只有「猥瑣的，屬於床笫的年代」。生命就在矛盾中被延續著。

從巴黎，我們會懂得生命的哲學。我無意指出瘂弦是一位直接承受法國的存在主義者。但他的詩作中包含著向世界訴苦的意識卻是存在主義者們所啟示的。他在訴說哲學，使讀者親自捉摸那詩化的意象。

第六段是「故事」的重複：

你是一條河
你是一莖草
你是任何腳印都不記得的，去年的雪
你是芬芳，芬芳的鞋子

除了谷和山花外，巴黎還是一條河和一莖草。它在時代的意識中流動，它像草被時代的意識領著走。(因此，巴黎被奉為現代文學和藝術的中心。近年來這情況似乎稍變了，紐約大有起而代之之勢。) 在歷史上，別人可不會忘掉巴黎和它所留下來的腳印。因為一想起「床」和「鞋子」，一想起被迫的生命，就連帶想起巴黎來。

這樣，作者便找得一個結論——一個存在的結論：

在塞納河與推理之間
誰在選擇死亡

「塞納河」和「推理」暗示一個尋死的生命。「推理」表示在跳進塞納河之前的考慮：一個被迫的生命是否應該這樣死掉的？這思想使我想起加繆的「哲學性的自殺」。他認為人逃避荒謬的，矛盾的世界只有自殺一途；但任何人都沒有這自殺的勇氣(連加繆也承認他沒有這勇氣)。既然沒有，就好好地做一個荒謬的人。「床」使我們面對矛盾，「誰在選擇死亡」呢？塞納河和推理(思考)都是現成的。既然沒有自殺的勇氣，那末，一當我們回首，最後：

在絕望與巴黎之間
唯鐵塔支持天堂

我們便發現世界和巴黎同是令我們失望的。巴黎的引人注意，除了夜總會外，還有一座賺錢的鐵塔。鐵塔的存在等於巴黎的存在。

以上一些淺陋之見，只是我個人讀〈巴黎〉一詩所得的印象。我還希望藉這例子向評論現代詩的人說句好話：現代詩並不是「不三不四之作」。在香港，馬朗和崑南的意象也很不錯，但他們並不採取超現實的意象。留在南洋的貝娜苔以前也見過他的超現實意象，現在卻無從評起了。劉以鬯的詩，產量極少，很難下斷語。不過，就他最近發表的〈借箭〉來看，我們也發現了一些新鮮的東西。

最後，我認為現代詩的發展仍須加緊努力。當前我們多要作的，是沉默而嚴肅地去寫。

刊於《香港時報・淺水灣》，一九六〇年十一月十八日

瘂弦第一本詩集《苦苓林的一夜》一九五九年在香港出版，
台灣版更名為《瘂弦詩抄》

記一位現代詩人——楊喚

楊喚，一個樸素而永遠值得人懷念的名字，在中國現代詩向前邁進的時期，這名字的出現，雖是曇花一現；到今天，仍有一個事實我們可以確定的是，楊喚的名字沒有被人忘掉。他似乎永遠活在當代崛起的年青詩人的心靈中。只要有一天，現代詩在中國還未失去讀者，熱愛中國現代詩的讀者們便會想起楊喚，正如外國的年青詩人會想起鹿特一樣，這情愫是出於自然的。

「站在神經錯亂的街頭」這一句話，漸漸的，在中國新一代的知識分子中，已成為很有思想作用的警句了。當我們面對不安定的世界和社會，設身處地去迎接苦難之前的一刹那，我們遂會自然而然地在現實中，跟這一句思想成分極高的警句互相應和了；當我們偶然仰首長空，只覺一片空白，感悟生命的虛無飄渺之際，即使我們會自命懂得很多，自命我們思想超越得太多，然而使我們出奇的是：一個年青的中國現代詩人竟能說出這樣發人深省的話來。

我最初讀楊喚的詩遠在一九五五年。後來我聽到他的死訊，也知道一班詩人為了追悼他們的「伙伴」（他確實是他們那時候的鼓手和伙伴！）的突然去世，特意替他出版《風景》的消息，便趕忙去信給台灣的友人替我找一本來。我現在藏著的這一本就是他從台灣帶回來送給我的。封面印刷很精緻，是一幀現代手法的繪畫：透過教堂窗子向附近瞭望，首先映入眼簾的是兩棵椰樹和一座教堂的塔頂。從詩集中作者本人的幾幅插圖的技巧和手筆來看，這幅畫極可能是他自己繪的。畫的下面共印上四個字，都是楊喚那一手「孩子化」(Childish) 的墨寶。最大的兩個是紅色的：「風景」；細小的兩個是黑色的：楊喚。

我沒有研究過楊喚的思想，但我極喜愛他的詩卻是事實。「思想」這東西，是怪物，你接觸它時它不一定會理睬你的。因此我以為，要是想去找尋一個作家的「思想」，光讀他的作品便會找得出來的了。我讀楊喚的童話詩的時候，我發現他有一顆與安徒生相同的心。安徒生的《醜小鴨》能替兒童（甚至成人）帶來安慰；他的童話詩，所承載著的「醜小鴨的情感」，也是一樣被人熱愛的。雖然他所提倡的兒童文學，在今日還沒有什麼效果。而實在，從事兒童文學卻是一件苦差使。我不否認楊喚是一位天才的詩人，但他的童話詩並不見得出色。日後，當我讀到幾篇關於他的文章時，才知道他的興趣原是兒童文學。我才想起他的童話詩的對象。很可惜，他的願望沒有達到；卻相反地，那些童話詩並非神話的而是現實的；不是兒童的而是成人的。

「站在神經錯亂的街頭」是他的詩作〈鄉愁〉的一句，原詩的第二段如下：

如今呢？如今我一貧如洗。
洗下歌曲和虹霓燈使我的思想貧血。

站在神經錯亂的街頭，

我不知道該走向哪裏。

楊喚是一位職業軍人，具有倔強的東北人個性。戀愛過，但愛情沒有給他什麼；生活清冷，卻使他奮發。他所有的一切，除了書籍外，恐怕也僅是身上的衣服吧。因此他說得很合理：「如今我一貧如洗。」

似乎中國的文人都是與生俱來的窮光蛋。很多時候我會天真地想：環境是人做出來的。環境是環境，「做」是做，是兩件不能混合的事情。一個身上沒有一塊錢的文人，他的生活就成問題了，還能「做」些什麼出來呢？楊喚似乎很有我這種苦衷的。因此，他也接著說，他的思想貧血了。在思想貧血的當兒，他「站在神經錯亂的街頭，不知道該走向哪裏。」

楊喚死的時候不滿廿五歲，日期是一九五四年三月七日。死於交通意外。楊喚的朋友葉泥在一篇追悼他的文章中，曾引錄了西塞羅的散文〈論老年〉中的一句：「所以死對年青人是暴奪。」他把這句話代表他對楊喚的熱愛，也很令我感動。死，對楊喚來說，確是「暴奪」。要是假以年日，他的成就是可以預期的；雖然到今年，比他更具才氣的詩人委實不少。無可懷疑地，他應該算為現代主義運動中一員健將了。

刊於《香港時報・淺水灣》，一九六〇年十一月二十六日

楊喚詩集《風景》初版封面

《筆匯》評介

改版後的《筆匯》，在封面上加上了「革新號」三個字。第一卷第一期出版於一九五九年五月四日。此日適逢中國文化的「轉捩日」——五四運動紀念日。當新一代的中國作家們大聲疾呼地叫喚著中國文學一定要現代化的今天，《筆匯》雜誌以革命性的姿勢出現，投進現代主義的溶爐中，一下子便發生了領導性的作用。這點，不能不歸功於《筆匯》的負責人和編委們那種獨到的眼光和辦事的精神。兩年前的中國文壇，雖不見得怎樣的寂寞；至少，具領導性的文學雜誌，可以說是沒有。兩年前，由夏濟安教授主編的《文學雜誌》水準也不錯，但是它所代表的是觀望的階段。我不否認偶而也能在這本雜誌上看到一些佳作，不過，它沒有衝勁。而後期的《文學雜誌》，因有《筆匯》、《現代文學》和《新思潮》等極端的現代主義材刊物出現，逐不得不也作一番內外呼應的準備功夫，且曾經完整地介紹過加謬。這確是值得我們推崇和讚美的，可惜《文學雜誌》停刊了。

《筆匯》的出現，是否已產生了領導的作用呢？陋見以為：一本雜誌的好壞及其可能產生的領導作用，絕不能從第一期便可以看得出來。若就《筆匯》革新號的第一期來看，實在是相當令人失望的。

我們試看革新號第一期的內容：其實只有三篇東西可讀——一篇紀念五四的論文，一篇論中國審美思想源流的專著，另一篇則是介紹湯馬斯·胡爾夫的。在這三篇作品中，那篇紀念五四的論文，來來去去都是那堆東西，使人覺得有點「翻版」之感。那篇專著也乏「深度」。嚴格來說，只有那篇介紹湯馬斯·胡爾夫之作尚可一讀。這種內容不足，顯示著準備功夫的不夠。所幸從革新號的第二期開始，內容便有所改變了。內容側重現代主義的，精神傾向現代主義的。

若革新後的《筆匯》很注重現代藝術，此點為其他雜誌所忽略。以後的《筆匯》能被批評界一致公認其為最具領導作用的文學雜誌，主要的由於它能在兩個焦點上——文學和繪畫一一邁進。從第二期開始，《筆匯》差不多每期必刊登一篇關於現代藝術的文章。或從現代繪畫趨勢立論（如第三期莊喆的譯文〈繪畫的現勢〉），或從時代的觀點介紹現代藝術（如第六期的〈立體主義的誕生〉，第八期的〈勒哲與機械美〉等），或從批評的角度而展望中國現代藝術的前途（如第二卷第三期莊喆的論文〈詩的，非詩的與現代藝術〉」。上述諸表現，但可以說是該雜誌在短期間所努力出來的成果。憑這些表現來肯定：《筆匯》到今天，就目前的中國文壇來說，可以算是第一流的文學雜誌了。

憑筆者個人的觀察，革新後的《筆匯》，由第一期至第八期，可稱之為「成型期」；第九期至第十二期為「定型期」；第二卷開始，可稱之為「成熟期」。

第一期的「成型期」，就如前所述，內容並不算好，是準備的時期。在「定型期」中的《筆匯》，已能夠替自己塑造一個一定的風格——譯介和創造作並列。第九期的內容實較前各期突出，除〈自然主義以後的流派〉一作為該期的「商標」外，連〈勞倫斯及其作品〉，再加上勞倫斯的一篇小說〈玫瑰園中的蔭影〉，倒可以算得上是勞倫斯的特輯了。這一期的翻譯小說除勞氏那篇外，還有三篇：一篇是沙基的，一篇是芥川龍之介的，另一篇則是西班牙的。

《筆匯》真正的特輯的出現為第十期。這一期是「紀德特輯」。這次的紀德特輯好是好了，但他們從《文藝新潮》中轉載了「德秀斯」的事實，曾在香港的文學圈子中引起過一陣近乎「反感」的「反感」。這點，我熱誠地希望《筆匯》的負責人和編委們能注意——轉載的問題。而且，紀德是「不安定的一粒麥子」(詩人葉泥語)，還有別些他的「不安定」的作品可譯。

從這一期(第十期)開始，《筆匯》的編委開始利用一些篇幅，刊登現代藝術過渡期中的作品。第十期刊登的是達達主義的畫，第十一期刊登超現實的，第十二期則介紹了米羅。他們也繼續刊登特輯。第十一期是奧尼爾特輯，第十二期是波特萊爾特輯。

自第十二期以後，《筆匯》足足停刊了四月多個。到去年九月，才復刊。

第二卷第一期的《筆匯》，不單內容更向前超越了一步，而且，連封面也改變了。踏上了第二卷，即是等於踏上了我所說的「成型期」。它顯然的特色是每期一個特輯，這「每期一個特輯」的表現，顯明的受《現代文學》的影響。

計第二卷第一期為獨幕劇特輯，第二期為詩特輯。在這特輯中，我們再度看見瘂弦的新作和方思，馬朗的新譯。瘂弦的詩的確有一股魅力。以前的王辛笛，我自信在他以後的現代詩人群中，沒有一個是可以把他打倒的；到今天，我發現了瘂弦是一位具備了第一流詩人的才華的詩人。當然，我的看法也隨著被他打倒了。

第三期是繪畫特輯，一共收進了六篇與現代藝術有關的文章。值得重視的是魯亭的〈近代繪畫的發展及趨勢〉。其次，賀曉康的〈漫談自由中國新畫壇〉，是一篇替中國新進畫家們「出氣」之作。由賀君之作，總也看出當前的中國畫壇（文壇也何嘗不也是一樣？），是怎樣的「烏龍」。上一代的胸襟如果不放寬些，眼光不放遠點，則中國的繪畫放在他們手上，是注定要被擠死的。

第四期為電影特輯。第五期為批評特輯，分別為繪畫，文學，詩，小說，電影，音樂等六個不同的觀點（其中文學的批評為艾略脫的譯文）來探討批評的角度。

筆者個人由衷地期望，《筆匯》能真正的在中國文壇上站起來。這是我朝夕所企望的。最後，有一點個人的意見，願貢獻給《筆匯》的編委們，就是版頭設計的改善。有些托襯題目的線條的拼合，一堆黑一堆白的，失去直覺的好感；而且彷彿畫蛇添足，沒有絲毫「現代畫」的感覺。

刊於《香港時報·淺水灣》，一九六一年一月十八日

《六十年代詩選》評介

由詩人瘂弦和張默主編的《六十年代詩選》，已於今年一月由大業書店出版了。在當前的中國詩壇上，這確是一件令人興奮的喜訊。現代詩在中國之成長及其必然的文學價值，已成定論。無疑我們當不能抹殺當前的中國詩壇上，確有現代詩的劣品之存在此一事實；不過，可喜的是，出色的現代詩亦為數不少。歷史上，某一時代的文學作品之所以能於歷史狂潮中屹立不移，留為後世所景仰，均由於該文學作品能經得上時代的考驗。若以此一眼光而展望現代詩的前途，我個人雖不敢妄自肯定，當前所有的現代詩都必後世所景仰所傳誦。不過，在現代中國的文學發展史上，現代詩的席位是不能被刪去的；當然，好些現代詩的上乘之作，也一定能經得起時代的考驗。所謂時代考驗，也是一很籠統的概念。一般而言，有壓力的時候，才有考驗，此為必然之理。在壓力愈大反抗力愈大的原則下，不但能站起來，且能揭竿而起，發揮其萬夫莫敵，銳不可擋之反抗力，真能使人驚服不已的，才是真正的考驗。文學作品能達到此境界的，才能收價值之效。

我個人就是以此自我的觀察來展望現代詩的，深信當前港台兩地的新詩工作者必有所成。因此，當我接到一本朋友寄來的《六十年代詩選》，第一個給我的印象便是：它是在一股掛起傳統（真正的傳統主義者應該是胸襟擴大，同時了解中西文化之歷史背景的人）的大招牌之壓力下所產生的（我心目中的壓力所指的是年前關於現代詩的論戰）。姑不論其價值如何，至少，它（現代詩）在這次「風暴」中確乎經得起考驗。更何況，像《六十年代詩選》那樣印刷精美，紙質優良，再加上每位作者的小傳和畫像。要不是憑一股傻勁和「面對考驗」，怎能一鼓作氣把它「推」出來呢？（我用「推」一詞，暗示被迫的意思。）於此我也推想，那總算是示威吧？好讓那些譏諷現代詩為不三不四之作的人，看看現代詩的實力。

說《六十年代詩選》的出現是一項示威運動倒未嘗不可。試詳觀其內容，共計收進港台二十六位現代詩人的作品。代表香港的詩壇的是馬朗、崑南、葉維廉，其他二十三位則代表台灣。現在先來看看我們香港詩壇的實力。

嚴格來說，葉維廉雖是從香港去台灣的，但以他近年來環境上之表現（他在台灣的時間多，在香港的時間少得可憐）而論，他實不能說是道地的香港詩人。因而真正代表香港詩壇實力的，在這部選集中，就只有馬朗和崑南了。

葉維廉的兩篇作品都不弱。他的詩的最大特點，正如編者在介紹詩人的小序上說：「是力求詩的媒介的各種彈性（文字的音樂性，意象的擴展性明顯性及想像的聯想性）造成一種暗示力最大的氣氛，使一首詩無窮及豐富的伸展；其對於意象的選擇則用馬拉梅和艾略特的抽象手法，把事物孤立細視而獲取戲劇性的迫真效果。……自雄偉博大的傳統中尋找更豐富的內容，因而能夠『一念萬年』」。按這說法，無疑的〈賦格〉一詩是相當成功的。它真有一種「一念萬年」的感覺。

馬朗自《文藝新潮》以後，很少作品問世了。筆者個人很懷念他〈車過湖南〉一詩中淳樸雋永的詩境，和〈焚琴的浪子〉中語欲無言，無限淒怨的情懷。大體上，收在這詩選中的五篇作品，亦算得上是他一貫的意象派的風格——抒情的、纖柔的。

至於崑南呢？這部詩選的主編們選了他的長詩〈喪鐘〉之一部份，頗欠公允。照我個人的意見，崑南的長詩相當不錯，這篇〈喪鐘〉自然也不例外。以詩論詩，應該把整篇選進去才能讓讀者領略原作者詩的韻味。以崑南的長詩而言，竊以為〈悲憤交響樂〉和〈賣夢的人〉，最能代表他自己。尤其後一首，雖謂太受艾略特影響（其中以技巧和意象尤甚），然亦不失為思想成份頗高之作。

廿三位台灣詩人中，我個人還是最欣賞瘂弦、黃荷生，季紅、商禽、鄭愁予五人的詩作。據詩選主編的意見：瘂弦的詩風急轉，乃是由於他生活的突然「變調」，不遂心的戀愛，及其對於艾呂雅，D．葛思康和一些拉丁美洲詩人的發現，並產生一種熱狂的擁抱所致。〈割〉和〈深淵〉則是劃入另一創作階段的作品。據主編在評論〈深淵〉時說：「他像是企圖包羅更廣大的世界於一刻的飛躍。但似乎並未完全『把定』。這種挫敗導致他原本不甚顯著的『歇斯特里情緒』極端發展……迫使他的詩一時蒙上死色。……在『情意我』世界的感覺放縱和自動言語的肆意揮霍之餘，徬徨與進退維谷的感覺便成為不可避免！這其間係存在了瘂弦的悲劇。」

方思和紀弦的成就似乎為年齡所限，他們在當代詩壇上的地位，也僅限於開拓的功臣而已。尤其紀弦近期的詩，犯了一個極嚴重的堆砌的毛病，有時更在詩中加上一些外國文，使人讀起來頗為費解。如存在這裏的〈跟你們一樣〉，其意象本身就是被堆砌的文字扼殺了的。紀弦的理論還算不差，可從幾年前他跟覃子豪筆戰的論文窺見一斑。筆者個人渴望他多向理論創作方面埋首還好。

當代新進的女詩人的確少得可憐。夐虹和林泠的表現，並不亞於她們同時代的男詩人們。〈不題〉是一篇以簡潔的效果取勝的作品。在夐虹的小傳上，詩選的主編們在提及她的時候，也把 H．D．瑪利安，摩爾等美國當代女詩人與她並列，也許言之過早吧？雖然，她不愧是一位頗有奇氣的女詩人。

其他的詩人如葉珊、薛柏谷、黃用、張默、碧果、錦連、余光中、洛夫、夏菁等詩人的作品，除了余光中的之外，可以說所選進的全是舊作，還不能使讀者們看見這些詩人們最近的思想動態。（其實，詩選的全部詩人的作品幾全是舊作。雖則是六十年代的詩選當以作者的稱心之作為代表，然一讀詩人的新作的念頭也算為合理的吧？）白萩和林亨泰這兩位圖象派的代表詩人，也久久未有像〈流浪者〉和〈風景〉一類以「圖」說詩的上乘之作出現了。當展讀他們兩人的舊作時，筆者個人深願他們繼續在自己的理想中努力創作。

無疑的，《六十年代詩選》是一本值得一讀的詩集。藉之可以一睹近年來中國詩壇的情況。一如編者在其緒言中所說的：「中國現代詩人在歐美現代主義精神以及環繞我們的時代歷史因素的種種影響下，經過歷年來辛勤的和不斷的實驗與修正，對於真正屬於現代本質的藝術，其成果是極為可觀的」。關心當前詩壇的讀者們，不可不讀。

刊於《大學生活》第七卷第二期，一九六一年六月一日

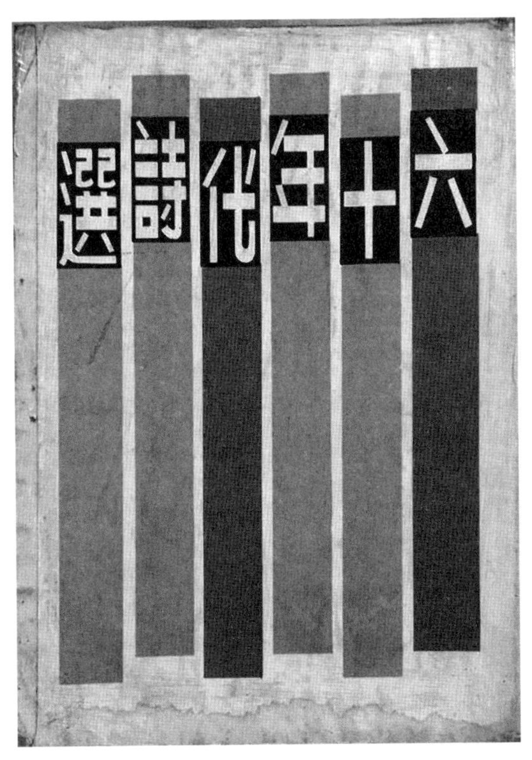

《六十年代詩選》封面

白萩的「圖象詩」

「圖象詩」之出現於中國現代詩壇，還是近幾年的事。「圖象詩」沒有明確的界說或理論概念，雖然詩人林亨泰和白萩，兩位當代中國最傑出的「圖象派」詩人，曾就各自的觀點引證了不少古今的討論，企圖從中指證「圖象詩」本質上的藝術價值。但我們仍然對之認識不深，故外界攻擊現代詩者，動輒以「圖象詩」為主要攻擊對象。若純就藝術觀點言，「圖象詩」之最值稱頌之處為以「圖」說詩。林亨泰和白萩均先後列舉了超現實主義宗師阿保里奈爾早期的創作，附以合理的中國化的註腳，亦僅限於以「圖」說詩的範圍，沒有「圖」的造意，原詩便失去原有的靈性之傳達。因此，這一派的詩人以技巧取勝，甚至以技巧當為創作。這裏當然有他們的見解，不過，太著重詩的技巧，或者直接以技巧代替靈性的傳達，是否就是「圖象派」詩人的創作目標？這即是說，他們是否但求做到以「圖」說詩的至善至美之境算了，透過詩的質素之思想領域的探討便無須注意？若如是，現代詩所啟示的現代真理，遂顯明的被「圖」整體地遮蓋了，或者是完全不含蓄地一覽無遺。

欣賞者從「圖」可以窺視詩的本質，自然地，詩人的創作也極可能是發洩「圖」為構想。在美學上，這一派的詩人充滿野心。他們當然反對亞里士多德三段式的詩論，所謂「詩言志」也成為反對之列。說到構成一切忽略現代感情的自稱為放之四海而皆準的「傳統」，也成為「圖象派」詩人的反抗對象。詩人白萩在其詩集《蛾之死》的後記中說過以下一番話：「已存在的美，對於尚未出現的美是一種絕大的壓力與考驗，如果，不能超越與打破此種束縛，則新的美將無法出現」。「已存在的美」對於「尚未出現的美」確然是一塊令人討厭的絆腳石，惟我們能否定其存在的價值？在「傳統」中諸事均屬相對二元性的，無醜之認識當不會發現美的價值，無黑之體驗當不會了解光之可愛；同理，故意把「現存在的美」（在此我記起當年達達主義者會在達文西的《蒙娜麗莎》一畫上加了兩撇鬍鬚，用意為對已存在的美作全盤的否定）視為束縛求超越，若無較量的對手，又將何以尋求「尚未出現的美」？

「圖象詩」誠然具有期待並發掘「尚未出現的美」的野心，他們認為美的範圍早已被上一代規範了，在此概念下，藝術領域內也產生一成不變的權威與典型。我們很同意這說法，然而環視當前詩壇，很多詩人故弄玄虛，寫（其實不能算寫而是堆砌）下好些學自林亨泰和白萩的「圖象詩」，結果令人讀後莫明所以，如墮入五里霧中，阻礙了詩的欣賞和接收，實為現代詩壇的污點。

一首令人百讀不厭的「圖象詩」，其獨到之處均由於技巧安排運用彼此恰到好處，使讀者在欣賞的時候能感受原作者的情感。像這類的「圖象詩」才是上好的作品。能夠找出來作實例的，除了林、白兩人的早期創作外，可說絕無僅有。我說白萩的早期創作頗不貼切，因白萩早期的創作並非「圖象詩」。選在《蛾之死》一集中的「圖象詩」全部編在後部分，且數量不多。〈仙人掌〉、〈流浪者〉、〈暑光之昇起〉和〈蛾之死〉，可以說是最具代表性的四首。對香港的讀者來說，大概以〈流浪者〉最為耳熟能詳，因此，筆者願意就此詩來抒發一點個人的感想。〈流浪者〉分兩段：

望著遠方的雲的
　　　　　　一株絲杉
望著雲的一株絲杉
　　　　一株絲杉
　　　　　　絲杉
　　　　　　　在
　　　　　　　地
　　　　　　　平
　　　　　　　線
　　　　　　　上
　　　　一株絲杉
　　　　　　　在
　　　　　　　地
　　　　　　　平
　　　　　　　線
　　　　　　　上

白萩最成功的意象是把握地平線的特徵。其次他以「人」代入「絲杉」直接讓讀者聯想。「遠方的雲」的世界是不可到達的，「絲杉」只能夠企立在地平線上望著它。這境界非常孤獨，讀下去的時候遂特別覺得自己孤獨，恍若四海漂流的遊子，無處不是歸程。但站在地平線上看世界看他自己，縱然大志者，鵬亦感無限渺小，孤獨感是極自然的。

原詩第二段「圖」的成份不多：

他的影子，細小。他的影子，細小
他已忘卻了他的名字。忘卻了他的名字。祇
站著。祇站著。孤獨
地站著。站著。站著
站著
向東方。

孤獨的一株絲杉。

影子漸次「細小」暗示那株「絲衫」已站得很久望得很久，結果他忘記了自己的名字。作者用重疊的語氣述說「站著」，加重了聯想中「圖」的成份。最後以「孤單的一株絲衫」而結束全詩的「氣氛」。

白萩在此詩中所創造的美是成功的，它使每一位讀這詩的讀者都產生了寂寞孤獨的感覺——從心靈深處自發的。現代詩之引人入勝純因為其自身蘊藏著一股令人感動的力量。其實，即使非「圖象詩」，能具有感人之表現力已算不錯的了。白萩是可以成功的，假如他長此努力下去，他會被推許為中國新一代的阿保里奈爾，卻可惜近年來他一直沒有新作面世。我們仍企盼能再讀到他的「圖象詩」。

刊於《香港時報．淺水灣》，一九六一年十二月二十日

從周作人說起
——泛論五四以後的雜文和散文

檢討五四以來的雜文和散文，第一功臣首推周作人。周作人在文壇上以知堂老人自居，江浙一派的文人更冠以「知翁」雅號，似乎有意把老人捧起，與英國的莎翁蕭翁齊名。平心而論，從文學成就來說，周作人實在是有一手的，一來因為舊學根柢好，思想開明；二來亦由於他專治小品雜文，銳意成家，再加他那種與生俱來的幽默風趣態度和考證癖，一轉成方塊字更覺雋永盎然，與林語堂成為一時瑜亮，迄今仍使人深深覺得未有絲毫老氣橫秋的表現。

周作人是地道的現代文士，以「沖淡自然」為標榜，極力避免與政治為伍。僅為這點，他的入室弟子俞平伯對「老人」的敬仰便油然而生，自二十年代始，論者都稱周俞師徒倆為「沖淡自然派」散文的宗師。這種「沖淡自然」夾有清高意味，也代表著某一程度為政治態度。在《苦行雜記》的「後記」裏，知堂老人引錄一段致友人書云：

> 不佞非不忙，乃仍舊弄文字，讀者則大怒或怨不佞不從俗吶喊口號，轉喉觸諱，本所預期，但我總不知何以有非給人家去戴紅帽喝道不可之義務也。……唯凡奉行文

藝政策以文學作為政治的手段，無論新派舊派，都是一類，則於我為隔教，其所説無論是揚是抑，不佞皆不介意焉。……國家衰亡，自當負一份責任，若云現在吶喊幾聲准我免罪，自愧不曾學會畫符念咒，不敢奉命也。

從上所引可知，他對現實政治狀態的不滿，是包容著一種儒者之風的。

「沖淡自然」還有另一種玩味。好多年前的《古今雜誌》上，周作人是撰稿人之一。有一次他在該雜誌撰稿，自說他的文字裏存著一種淡淡的憂鬱。當我讀著他的《澤瀉集》、《夜讀抄》、《風雨談》、《苦茶隨筆》等集子時，我始終覺得知堂的憂鬱是老人的憂鬱，尤其在他罷官還士後，對人生的憂鬱更漸次明顯了。寫到這裏，令我想起他的一首打油詩：（見薛慧子著〈周作人和我〉，原刊《文壇史料》一〇八頁）

生小東南學放牛，水邊林下任嬉游。
廿年關在書房裏，欲看山光不自由。

前面提到的知堂的弟子俞平伯，承受乃師陶冶，在風格和文體上，處處流露出知堂的趣味。開明書局版《雜拌兒》的跋文裏，周作人這樣形容俞平伯：「平伯所寫的文章，具有一種獨特的風致。這風致是屬於中國文學的，是那樣地舊而又這樣地新。」這幾句說話，雖然寥寥數語，卻把俞平伯散文的風格一語道破了。我常常以知堂這啟示來讀俞平伯；即使在讀《紅樓夢研究》時，我也覺得他的意見永遠是「那樣地新」。有一個時期，周作人的文章被譏為逃避現實。據留日的胡蘭成在一篇文章裏説：他聽説過，日本作家片岡鐵兵曾聲討中國某老作家，他地位雖高，卻玩無聊小品，不與時代合拍，應予打擊。胡蘭成認為那是指知堂老人而説的。這消息剛接上傳誦一時的所謂知堂的「逃避現實」。這事後來如何？知堂有沒有替自己申辯？是否不了了之？就不得而知了。如果説「逃避現實」，應該是俞平伯而不是知堂才對。俞平伯很喜愛在故紙堆中做文章，從鄉俗民風到書報瑣談，往事考古等，幾無所不談。及在《燕知草》和《燕郊集》的文章順口讀來覺得他極似劉半農和顧頡剛；能像〈槳聲燈影裏的秦淮河〉那種雋永境界的散文，恐怕再找不到了。

劉半農在小品和雜文中也下過一番功力。他生於清光緒十六年，一九三四年在西北逝世。五四初期，劉半農的名字經常和胡適、錢玄同、陳獨秀、周豈明等聯在一起，同為文學革命努力。劉半農最精彩的作品是《揚鞭集》，其次為《瓦釜集》。這兩本集子，我只是斷斷續續的讀過，現在的印象很模糊了。以前良友圖書公司出過《半農文集》，全是歷史小品式的雜文，文章風味跟知堂的幽默，大異其趣。和早期的文人一樣，劉半農雖然負笈外國（巴黎大學文學博士），回國後卻做過北平中法大學中國文學系主任。身上永遠是一襲土布長衫，驟看起來不像一位學者。

除了上述三人外，以雜文和小品飲譽中國文壇的還有錢鍾書、鍾敬人和夏征農。錢鍾書的《人獸鬼》在開明書店出版後，因為他的文筆在説理中略帶抒情，考據一類的小品大概讀得膩了，才有機會在三十年代中脱穎而出，大有洛陽紙貴之勢。錢鍾書也寫過小説，我較為推崇他的小品。至於鍾敬文，現在的讀者極少讀過他的作品的。他是廣東惠州人，與寫詩的李金髮有同鄉之誼。中學畢業後北上上海學工程，但因為經濟拮据，被迫回到廣東來，才決志從事文藝生涯。他曾經因為在一本民俗學雜誌上刊文，得罪國內的回教徒而自願入獄。當時的鍾敬文已貴為教育廳大員之一，自知文中所言令他左右為難，才有入獄請求的。鐘敬文最好的作品都放在《西湖漫拾》、《柳花集》和《湖上散記》三本文集裏。他擅長以淺白的文字來表達一個思想或一套見解，所記下的西湖小品，全沒有賣弄造作，或聊備風月廢談；在這種意境上，堪與朱自清的散文分庭抗禮。

夏征農是教書匠出身的。據他的學生任川在一篇文章中的見證説：

> 夏先生是江西人，長個子，清癯的兩頰，顴骨高高聳起！雙目很大，雖不能形容作銅鈴，但在瘦臉上配上這一對大眼，頗有點可怕，可是夏先生的本性是和靄的，他雖然冷板板的，不容易覓得著他的笑容……從沒見他説出怨聲與發怒的表情。(見楊之華編《文壇史料》二六八頁)

夏征農出過幾本書，其中有一本叫《文學問答集》，選自他在《申報》讀書問答欄任職時的問題回答。但傳世的作品是《野火集》。

説理的小品文大致如上述。現在來説説抒情的的散文。專治散文的新文學作家，就我個人涉獵所得，較著名的有章靳以、蕭乾、陸蠡、何其芳、蹇先艾、朱自清、葉紫、蘆焚、林語堂和徐志摩。

朱自清的散文把讀者帶進醉人的自然景物的境界裏，在喜樂中夾染一種蕭條的孤寂之感，這就是朱自清散文的魅力了。〈背影〉是他的不朽名作；如果〈背影〉中的父親不那樣描寫的話，我們便不能欣賞那種蕭條的孤寂感。除了開明版的《背影》外，朱自清還出版過一本遊記《歐遊雜記》和詩論集《論雅俗共賞》，後者的思想深度足可與朱光潛的《我與文學及其他》比美。

但真正把「中國精神」放進散文的天地裏的是何其芳。四十年代的何其芳，真是無人不知，足跡所到之處都為人注意。無論就個人氣質和作品精神來說，總覺得他極似漢魏六朝的文人，那種「超人」的精神，雖然相隔了很多個世代，彼此卻聲氣互通，彷彿何其芳應該活在那時代裏。前幾年我初讀《漢園集》（他與卞之琳、李廣田合作。李廣田非專治散文的，此處不贅）時，忽然有朋友拿給我一本他近來出版的論文集（一時忘記了書名），讀畢全書後與《刻意集》和《還鄉雜記》一比：何其芳的文學生命完了。說真的，我前幾年曾經是何其芳迷，我唸過他每一篇詩，在文章中無數次引錄過他的佳句。這種「崇拜狂」直等到我讀紀德和尼采時，才算煙消雲散。我不知道何其芳受哪一位外國作家影響的，至少他們不會是紀德和尼采。如果就文章美的深度來說，何其芳可以被稱為「中國的夏都百里安」，這是無可置疑的。

我在前面所引的作家中，有些我讀過而現今印象全無的（如章靳以、蹇先艾、陸蠡和蘆焚），有限於其影響力不足的

（如葉紫），有限於因為太熟識（如徐志摩）而不必再重提，亦有限於從未讀過（如歐陽山，前數年我在《文藝新潮》寫稿時，馬朗告訴我他是「中國的紀德」。但後來我讀歐陽山的紅色小說，卻令我非常失望）而不便提的（上面沒記），囿於篇幅，都在這裏省下了。至於林語堂和譯《阿伯拉與哀綠綺思的情書》的梁實秋，我以為他們的英文作品更值得閱讀。林梁二位文壇前輩，都是學院派出身的文人，而且身受外國長期教育，英文修養極好。自「匿名」以後，林語堂似乎沒有什麼中文作品面世了，（英文的最近出版了一本 *The Pleasure of an Uncomformist*）梁實秋的小品集卻一連出了兩本，在另一本《文學因緣》中，有一篇是他和新月社關係的自白。從那篇文章裏給我一個印象：梁實秋筆下的徐志摩，好像不是女性化的三十年代的詩人，而是做事專斷、個性專橫的文人。蕭乾是記者出身的作家，寫《珍珠米》時的蕭乾是現代的，我記得他在該書中談過喬也司。文化生活社出版過一本他和沈從文合著的《廢郵存底》，是通訊一類的著作，比不上早出的《人生採訪》。

遊筆至此，該要收筆了。在新文學廣大的幅原中，散文的成績遠不如小說，專攻散文的更絕少，倒是好些小說家也寫過散文，如巴金、王統照、郁達夫、蕭紅（葬在淺水灣畔的「中國的喬治桑」）、施蟄存、蔣光赤等，都寫過不少散文。至於翻譯方面，最大的成就莫如卞之琳和盛澄華。盛澄華為了研究紀德，更特別到法國留學去。還有邢鵬舉和馮至，後者翻譯里爾克的《給一個青年詩人的十封信》，迄今我仍捧讀不息。

大體上，我已經把有代表性的小品散文名家介紹過了。忽然想起文壇資料一類的作品，就我所談過的，只有錢杏邨（用阮無名筆名發表）的《新文壇秘錄》（他後來用阿英筆名寫《夜航集》，也屬文壇趣事一類之作）和中華日報社版、楊之華編的《文壇史料》，也可在此陪襯。

中國依然未產生尼采一類的散文家。我想，這有待我們這一代的努力。

刊於《中國學生周報》第六二七期，一九六四年七月二十四日

端木蕻良的小說

東北作家端木蕻良，一個異常陌生的名字，早在三十年代後期即開始寫作而成名於四十年代初期。關於他的一生，筆者知之甚鮮，只知他是另一東北女作家「中國喬治桑」蕭紅的丈夫，復員後來過香港，憑葉靈鳳的關係在《星島日報》連載過長篇小說。如此說來，葉靈鳳當詳其生平了。很多年前，筆者收藏過一期由此間《文匯報》附刊，葉靈鳳主編的蕭紅紀念特輯，刊載端木蕻良夫婦兩人合拍的照片，依稀記得這位令我佩服得五體投地的四十年代文壇霸主的尊容：眉清目秀，深度近視鏡頗能托襯出一副作為文學家的修養。年來因工作環境數度遷徙，自己的寶藏也跟著它們的主人東奔西走，今次為蕻良先生撰文時才想起那幅刊在報端的圖片，卻遍找不獲，想已散失多時了。

端木蕻良的全集不多，已出版的計有長篇小說《大地的海》（一九三九年生活書店版），《利爾沁旗草原》（戰前版未悉。一九五六年作家出版社翻版），《大江》（一九四七年晨光版）和短篇小說集《憎恨》（一九三七年文化生活版），區區四本而已，不足稱為小說宗師，更遑論與多產的巴金相比。說也奇怪，筆者自接觸《大地的海》之日起，始終覺得端木蕻良是了不起的文壇新手；單單為了這點，我欽佩萬分，而我給他的評價，也一直在穆時英、施蟄存、沈從文和他的老鄉，以《八月的鄉村》飲譽的蕭軍之上。端木蕻良的寫作技巧是寫實的，遣詞造句也帶著非常濃郁的東北性格；剛毅，沉著而老練；另一特色就是鄉土味極濃，隨時隨地運用東北和塞外胡子（土匪）的口語入文，談起來不但毫無累贅之感，反而覺得技巧新穎，妙到巔毫，比慣寫鄉土風情，也擅用土語的沈從文，更勝一籌了。端木蕻良的文體雖屬寫實（論文和氣質，與美國的艾思卡・加德維爾簡直是孿生兄弟；在某一角度上而論，《煙草路》和《大地的海》也可算同父異母的姊妹），但散播著時代的氣息；在本質上，這種氣息是現代的。

端木蕻良的作品向不為人欣賞，殊覺費解。他以東北人的身份批評國事，尤其當日本軍閥割據東北，利用清末遺裔溥儀親日同謀，及其他廣事宣傳偽滿政策，終而建立偽滿州國，這期間，曾刺激每一個東北人的憤怒之情。端木蕻良生逢其辰，適逢其會，當然在作品中隱含反叛抗暴的思想。代表這一種思想的顯著典型是《科爾沁旗草原》中丁家第二代的少主丁寧。丁家是科爾沁旗草原望族，大地主的盟首，東北人恆稱之為首戶。丁家創業之初，即以欺壓剝削聞名，強霸土地，蠻佔良家婦女等勾當，無日不作。再加上助紂為虐的丁家左右手大管事、二管事等的為虎作倀，老百姓只一聽到丁字便退避三舍。到丁寧那一代，偏巧這位少主飽吸現代知識，一心等機會為丁家重寫族史，遇上被丁大爺欺侮過的黃姓的第二代大山，兩人竟成莫逆之交。先是野虎一樣的大山發動村民向良善的丁寧反叛，跟著是丁家二爺丁寧之父因生意虧蝕，客死異地。待暴亂被人壓下時，丁寧已決意棄家南下，丁家從此衰落了。但真正的暴亂來了，科爾沁旗的胡子趁勢洗劫，人們還稱那批洗劫的胡子是抗日的義勇軍。在轟隆連天的炮火聲下，人們再記不起丁大爺和他的子孫了。

《利爾沁旗草原》以反地主姿態出現，寫來非常出色，其中尤以東北人喪禮的穿插，那種大地主的氣燄，雖死猶存，描繪得歷歷如生。其實，《利爾沁旗草原》的精神是純潔的人道主義的呼喚——大地主制度在現時代的面臨崩潰。作者提醒人們注意國富家強的民族主義的理想之出現，喚起人們摒棄浮華而面向民族的危難。正因為作者的急切要求，才盡量描述丁家如何由繁榮而殞落，倒把喚醒時代的抗日情緒輕輕抹過了。

土地就是農民的生命，在以農為本的中國，這種意識更為普遍。真正的「端木蕻良思想」旨在說明，農民和土地是一而二，二而一，彼此不能分離的，《科爾沁旗草原》如此，《大地的海》亦如此。前者所予人的印象是農民需要土地，一種生活的現實；後者卻更積極的表白：農民與土地相依為命。土地之於農民不但是生活，而簡直是生存。

《大地的海》的主角艾老爹辛苦一輩子，積地而耕，自給自足的生活使他老心自慰。怎知好景不常，在奸民與日本勾結下，他的部分田畝要撥劃充作擴建公路之用，艾老爹的希望毀於旦夕了：無土地即無生活。後來他的二子來頭約妥同築路的囚犯聯合起事。動亂後來頭與大隊失去聯絡，父子二人為繼續生存，決計在山地打獵，抱著「知道生活的是不會死的」此一思想而生存下去。

《大地的海》充盈著生存的氣息。奸霸靠勾結日本偷生，這在艾老爹和他的二子看來，是一種鄙夷的生存。二子來頭蘊含艾老爹的性格，但並不突出；艾老爹雖在老邁之年，生存意識毫不稍退。兩子氣質迥異，截然有別：大子虎頭比較野性，懂得適者生存之道（靠攏日本），與老弟同戀杏子。無論體力和智能，來頭均不及乃兄，但他能與老父同處，雖則虎頭後來也作反（親自「插」了三少爺，路伯吉——靠日人吃飯的漢奸——的兒子）了，小說裏沒再提他是否因三少爺誤殺自己愛人而參加義勇軍，總之，他的出現也就是時代的悲哀——以漢奸為靠山，終亦走上抗日之途。虎頭和來頭俱無生存的直覺，迨暴亂一過，來頭始感悟老父的拼死精神而幸慶新生。

「端木蕻良思想」本應繼續發展下去的，正當抗戰號響，民族生死悠關之際，端木蕻良的抗日意識遂油然而生了。他把本來寫四部連貫而獨立、以農民與土地為題材的小說的計劃（見《大地的海》後記）置之高閣。他最出色的抗日小說《大江》和傳世名作《遙遠的風砂》，就在磨難與困迫下產生出來，一夜之間使他成為最具民族精神的作家，《大江》的受人愛戴也使端木蕻良聲譽躍起。

《大江》的英雄跟《科爾沁旗草原》的大山，《大地的海》的怪傑老囚犯丁五和艾老爹一樣，具有一種原始的英雄感——強壯、老實、感情豐富。鐵嶺本來就是森林中出名的獵手，後來被逼在宋哲元麾下當兵，在一次學運風潮中失槍被囚，某夜裏莫名其妙的被人帶走，到西北一帶編招胡子打游擊抗日。鐵嶺招編了悍匪李三麻子，且結成老友。後來李三麻子在戰場受傷，鐵嶺常到醫院裏探望他，流露出他對李三麻子的友愛和信心，鐵嶺給他的改造是成功了。最後在一次戰役裏，鐵嶺也受傷了，但很快他又痊癒，提起槍，捍衛自己的祖國。

真正的英雄是勇於求生存的，倘以此一定論來品評端木蕻良的全部作品，實已是足夠有餘。艾老爹代表最純樸的中國農民，雖愛土地甚於愛自己的生命，至終亦領悟生存之道。前期的「端木蕻良思想」終於《大地的海》，而《大江》卻是端木蕻良民族氣息的新生。這過程沒有多大變動，因為端木蕻良所採取的主題，始終縈繞在抗日的伏線之上。

時至今日，農民操作的時代似已日漸式微了，但端木蕻良之所以偉大，原也不外乎以中國人的感受說中國人的話。如果沒有這些，抗戰文學當不會由於《大江》和《遙遠的風砂》的異軍突出而平添光采的。如今，當我重讀《遙遠的風砂》，一接觸那個槍法如神，臨危不亂的隊長——在塞外專責招編胡子打游擊，腦海裏立刻出現《大江》中的鐵嶺，《科爾沁旗草原》中的大山和《大地的海》中的艾老爹四人的影子，他們簡直是四位一體的，真正的生存的英雄。

刊於《中國學生周報》第六二七期，一九六四年七月二十四日

生活書店版《大地的海》封面

開明書店版《科爾沁旗草原》封面

本創文學 109

香港文學鱗爪

作　　者：盧　因
編　　者：黎漢傑
責任編輯：黎漢傑
設計排版：D. L.
法律顧問：陳煦堂　律師

出　　版：初文出版社有限公司
電郵：manuscriptpublish@gmail.com

印　　刷：陽光印刷製本廠

發　　行：香港聯合書刊物流有限公司
香港新界荃灣德士古道 220-248 號
荃灣工業中心 16 樓
電話 (852) 2150-2100 傳真 (852) 2407-3062

海外總經銷：貿騰發賣股份有限公司
電話：886-2-82275988 傳真：886-2-82275989
網址：www.namode.com

版　　次：2025 年 2 月初版
國際書號：978-988-70534-2-2
定　　價：港幣 88 元　新臺幣 320 元

Published and printed in Hong Kong

香港印刷及出版